유령들

유령들

정한용 시집

●

민음의 시 176

민음사

나는 우리가 처음부터 눈이 멀었고,
지금도 눈이 멀었다고 생각해요.
볼 수는 있지만 보지 않는 눈먼 사람들이라는 거죠.
―― 주제 사라마구, 『눈먼 자들의 도시』에서

현대의 시민들은 폭력의 스펙터클을 소비하는 사람들이다.
전쟁에 나가 보지도 않고 참상에 대해 떠들기 좋아하는 그들은
실제로는 진실과 거리가 먼 자들이다.
―― 수전 손택, 『타인의 고통』에서

차례

1부

바다에 묻는다

1

학자들은, 12000년 전 빙하 시대가 끝나고 해수면이 상승하면서 태즈메이니아 섬이 호주와 갈라져 고립되었다고 본다. 원주민들은 1642년에 아벌 타스만이 도착할 때까지 완전히 격리된 채 수만 년을 살았다. 인류 역사상 가장 오래 고립된 사례다.

그들은 아주 달랐다. 호주 본토의 애버리지니가 윤기 없는 검은색 피부인 반면 그들의 피부는 어두운 갈색이었다. 도구도 달라, 땅을 파는 막대와 창이 있긴 했지만 애버리지니가 기본으로 사용하던 부메랑이나 우메라도 없었다.

그들은 습하고 서늘한 겨울에도 내내 알몸으로 지냈으며, 추운 날씨로부터 몸을 보호하기 위해 비계와 숯을 발랐다. 온몸에는 장식적인 흉터를 지니고 있었고, 캥거루 이빨과 조개껍데기를 꿰어 만든 목걸이, 꽃과 깃털 등으로 장식하길 좋아했다.

2

18세기 들어 영국은 태즈메이니아 지역에 대규모 범죄자 수용소를 세우기 시작했다. 백인 집단촌이 생겨나면서 원주민과 갈등이 불거졌다. 1817년에 2000명 남짓이던 백인은, 10여 년 만에 스무 배로 늘었다. 식민지 정부는 정착촌 건설을 위해 태즈메이니아 땅 30퍼센트를 백인에게 무상 분배 했다. 원주민들은 분노했다.

싸움은 1826년부터 3년 동안 계속되었다. 백인은 원주민과 공생하는 길을 찾는 대신 '제로섬' 게임을 택했다. 식민지 총독은 1828년에 군법을 선포하고, 1830년 토벌대 3200명을 조직해 토끼 몰이 하듯 원주민 거주지를 쓸었다. 변변한 무기조차 쓸 줄 몰랐던 그들은 백인의 사냥 표적물이 되어 맥없이 쓰러졌다.

겨우 살아남은 200여 명은 황무지 외딴섬 플란더스로 강제 추방되었다. 하지만 그렇게 끝난 것이 아니었다. 혹독한 환경에 버려져 첫해에 65명이 죽고, 10여 년 뒤 수용소가 문을 닫을 때에는 겨우 46명이 남았다. 그리고, 마침내,

1878년, 최후의 태즈메이니언 여성 트루가니니가 세상을 뜨며, 그 검은 인종은 사라진다. 인종 절멸의 상징이 된 그녀의 유골만이 테즈메이니아 박물관에 보관되어 있다.

3
저 바다에 묻노니
내 그리운 얼굴들, 다 어디로 사라졌는가
검은 피를 흘리며 쓰러진 우리 아들
창을 갈아 밤중에 호수를 건너던 우리 남편은
분노의 눈물을 삼키던 사람들
플란더스까지 수천 리
너무 멀어 올 수 없다면
파도여 나를 죽음의 고향으로 실어다 주렴

누가 쿠아티 로스를 죽였는가

1

아가야 편히 잠들거라
서릿발로 갈라지는 찬 겨울 하늘에
내 젖가슴을 내어 주마
담요 한 장으로 네 영혼을 데울 수만 있다면
언젠가 우리의 새 땅에 봄날 오면
내 무덤 위에도 따뜻한 바람 불어와
나뭇가지를 살며시 흔들겠지
축복의 무지개 걸어 주겠지

2

로스 추장은 체로키족을 이끌고, 눈보라 무섭게 몰아치는 1837년 11월 17일 아침, 행진을 시작했다. 맨발을 구르며 아이들은 울어 대고, 마차 바퀴는 진흙 구덩이에 박혀, 길이 더뎠다. 밤이 되면 텐트를 치지 못한 사람들은 마차에서 뜬눈을 새웠다. 낮이 되면 굶주림을 잊으려 고개를 푹 숙인 채 서쪽으로, 서쪽으로, 힘겨운 걸음을 옮겼다. 미시시피 강을 건너며 블리자드에 찢겨 수많은 사람이 죽어 나갔다. 스모키 산의 리틀록에 이르던 2월 1일 밤, 로스 부인은 폐렴에 걸린 여자아이에게 자신의 담요를 덮어 주고, 먼저 고통으로부터 자유로워졌다. 고향에서 멀리 떨어진 곳, 표시도 없는 무덤에 잠들었다.

인디언 덕분에 목숨을 구할 수 있었던 앤드루 잭슨은 대통령이 된 뒤 인디언을 버렸다. 체로키족이 살던 지역에서 금이 발견되자 백인들은 불법적이고 일방적인 협약을 체결했다. 그들의 땅을 백인에게 양도하고 그들은 오클라호마 인디언 보호 구역으로 추방하는 포고령을 내렸다. 그해 가을부터 이듬해 여름까지 1800마일에 걸친 '눈물의 행진'에서 체로키족 15000여 명 중 4000여 명이 사망했다. 부인을 잃은 존 로스 추장은 인디언 보호 구역에 도착한 후에도 부족의 지도자로 추대되었다. 시간 속에 묻힐 뻔한 이 이야기는, 한 백인 병사에 의해 후세에 전해졌다.

3
당신은 먼저 떠났지요
바위 아래 작은 틈을 만들어 당신을 묻던 날
하늘은 흐리고 눈비가 날렸지요

누가 당신을 생의 저편으로 밀어냈는지
우리 체로키는 확인했고 피 묻은 영혼으로 기억할 겁니다
당신 눈물 진 자리마다 흰 장미 피어날 때
무덤마다 환한 빛 가득합니다
당신은 언제나 우리 곁에 있으니까요

황금 해안

[intro]
당신들, 역사를 믿는다고 했던가, 웃기지 마,
이건 아주 슬픈 얘기야, 황금 해안으로 당신을 데려다 주지,
피도 눈물도 모두 메말라, 심장이 콱 멎어 버리는 얘기,
아주 오래된, 아니 시퍼렇게 살아 있는, 먼 앞날의 이야기

[verse I]
숲이 있었어, 강이 있고, 사람이 있었어,
시에라리온 땅엔 원래 즐로프 왕국이 있었어,
옛날, 벌써 400년 전, 그런 왕국이 있었어,
아프리카 서쪽 광대한 땅을 지배하던 나라,
아프리카 가장 비옥한 땅을 차지했던 나라,
멋진 곳이었지, 울창한 나무, 넘쳐 나는 과일들 꽃들,
강에선 악어들이 어슬렁대고 숲에선 코끼리들 뛰어다녔지,
들엔 곡식이 황금처럼 날리며 하늘의 노래를 불렀다네,
아름답고 풍요로운 땅, 지상 낙원이 바로 여기였네,
하지만, 달라졌어, 포르투갈인들이 들어오면서, 세상은 변
했어,
얼굴 흰 사람들, 시커먼 속을 하얀 가면 속에 감춘 사람들,

그냥 평화롭게 배들이 지나던 해안 도시였는데,

유럽인들은 새로운 물건들을 가져오기 시작했어,

예쁜 옷과 유리 장신구를 보고, 흑인들은 눈이 둥그레졌어,

향료와 마약과 총을 보고, 그들은 상아와 황금과 바꿨어,

유럽인들은 마침내 알았어, 상아보다 황금보다

먼 신대륙에 노예를 파는 게 낫다는 걸, 암, 훨씬 이득이지,

황금 해안은 어느덧 노예 해안이 되어 버렸네,

검붉은 핏물 흘러가는 검은 해안이 되어 버렸네,

베냉과 니제르 삼각주에선 매일 수천 명이 끌려왔네,

나이 늙거나 너무 어리거나, 병든 자들은 시궁창에서 죽고,

이빨 튼튼한 사내들만 겨우 살아 노예선에 올랐네,

유럽인들은 부족 간 싸움을 일으켜 노예를 쉽게 얻었지,

기막힌 일, 부쪽끼리 패를 가르고 싸움을 붙이고,

자, 말해 보시게, 시에라리온과 콩고 음분두에서 300년
동안,

어느 날 갑자기 노예가 된 자, 얼마인지 물론, 모르시겠지,

죽은 자가 얼마인지, 살아서 배에 오른 자는 얼만지,

아니, 신대륙까지 무사히 항해를 마친 자, 과연 얼마인지,

누구는 말하네, 적어도 수백만, 많게는 1500만 명이라고,

그 말을, 그 피의 기록을, 지금 우리가, 어찌 알겠나,

[verse II]
가자, 아프리카로, 유럽 노예선들은 포르투갈을 떠나
상아 해안, 황금 해안, 노예 해안으로 몰려갔어,
대포와 총과 독화살과 방화와 살인과 족쇄에 채워진 포
로들,
포로들은 해안에 늘어선 수십 개 멋진 성채에 갇혔지,
가나의 케이트코스트 성, 황금 해안의 멋진 엘미나 성,
유럽 무역 회사들이 검둥이를 사고파는 노예 시장이라네,
기니의 왕 알케미는 40만 군사를 동원해 노예를 잡아들여,
백인들과 거래를 했지, 총과 모조 진주를 달라,
숲은 불타고 부족은 몰살되고, 초원엔 핏물이 흥건했어,
자, 들어 보시게, 우리들 노예들의 분노의 합창을,
우리 부족은 순순히 항복했던 게 아냐,
충분히 작전을 짜고 적들이 오기 전에 대비를 했지,
놈들이 이웃 마을까지 왔을 때, 우린 숲으로 몸을 숨겼어,
마을 공동 우물에 코뿔소 사냥 때 쓰던 독을 풀어 놓고,
놈들은 속았어, 적도의 뜨거운 햇살이 목을 간질이자,

놈들은 콸콸 물을 마셨지, 설사와 구토, 그러곤 뻗어 버렸어,

도망가던 놈들은 우리가 퇴로를 막고 전멸시켰지,

오, 우린 승리했어, 축하 선물로 웅가이께서 단비를 뿌리셨네,

그날 밤 우린 마을로 돌아와 밤새 마시고 취하며 놀았어,

그리고 다음 날, 고요하고 서늘한 아침 공기가 퍼져 갈 때,

운명의 손이 우리 마을을 덮쳤어, 적의 불화살이 하늘을 밝혔어,

잘 마른 야자 잎들은 들불처럼 타오르고, 우리 부족은 끝났어,

존경하는 피어슨 경은 이렇게 기록했다네,

포로가 잡히면 품질 선별 작업이 이루어진다,

건강한 남녀와 여섯 살 넘은 애들은 해안으로 간다,

젖먹이 아이는 죽이고, 노인은 버려둬, 어차피 뒈지니까,

출발 준비가 끝나면, 힘센 자들은 사슬로 묶는다,

그리고 맨발로 불타는 사막과 바위투성이 산길을 끌고 간다,

황금 해안을 향해, 짧게는 이틀, 길게는 보름,

채찍과 굶주림, 길은 멀고도 참혹하다, 황금 해안 가는 길,

[verse III]
우린 고향을 떠났어, 아프리카여 안녕,
노예선은 황금 해안을 떠나 아메리카로, 꿈의 대륙으로,
수개월 걸친 죽음의 항해, 푸른 대서양을 건너갔지,
파도가 눈물길을 낼 땐, 갈매기조차 침묵했지,
1500만 명 중 200만 명은 감옥 같은 노예선에서 최후를
맞았어,
일어설 수도 누울 수도 없는 침상, 하루 두 끼 멀건 쌀죽,
투덜거리는 자에게 돌아오는 백인의 송곳 같은 채찍,
노예선은 떡시루 같았지, 생선 말리듯 차곡차곡
대여섯 명씩 한 꼬치로 꿰어 배 밑창부터 틈틈이 집어넣
으면
배 한 척에 정원보다 훨씬 많은 600명은 넣을 수 있었지,
우린 어차피 사람이 아니야, 백인들의 거래 상품일 뿐,
잘 간수해야 제값을 받지, 살살 다루랑께,
기생충이 들끓는 것을 막으려 모두 발가벗기고
일주일에 두 번쯤 갑판에 끌고 올라와 물을 뿌리지,

곱슬머리는 삭발을 시키고, 등에는 낙인을 찍고, 둘씩
묶어 놓지,

물이 문제야, 늘 마실 물이 부족해, 몇 달 바다 건너는
동안,

가져온 물은 썩어 걸쭉해지고, 벌레가 들끓어,

죽음이 아니면 자유를 달라고? 어떻게? 망망대해에서,

어쩌다 노예들이 선상 반란을 일으키기도 했어,

과정은 너무나 뻔해, 몇몇이 한밤중 작당을 하는 거야,

사슬을 풀고 승강구를 열고 노예들이 갑판으로 뛰어나
오지,

백인들은 기다렸다는 듯, 사냥을 즐기듯, 총알을 쏟아붓고,

꼭 성공할 것만 같았던, 오, 영화에서는 잘되던데,

노예들의 슬픈 반란은 좌절되고, 주모자 협조자 들은 처
형되지,

동쪽 바다에 해가 솟을 때, 돛대에 매달아 처형을 하지,

가스통 마르탱이란 사람은 이렇게 기록했어,

반란 주모자들을 엎어 놓고 사지를 묶은 다음 매질,

이거론 부족해, 엉덩이 가죽 껍질을 벗기고, 피범벅 위에

화약 레몬즙 소금물 고춧가루 치료제를 섞어 문질렀다,

회저병도 막고, 노예라는 걸 절대 잊지 못하게,

[hook]
I have a dream! You have a truth!
믿지 마, 믿을 수 없어, 역사는 강자들의 강간이야,
믿음과 불신의 경계를 건너, 차이와 분열의 장벽을 넘어,
우리가 꿈꾸는 세상은, 결코 오지 않아,
우리가 꿈꾸는 세상은, 언젠가, 언젠가, 언젠가

이상한 열매

1

1882년부터 1998년까지 백인 폭력 사건으로
검둥이 3446명이 죽었다, 기록 없이 사라진 자 또 얼마인지
아무도 답하지 않는다.

2

앨라배마, 매디슨카운티(1868), 흑인 윌리엄 블레어가
KKK에 의해 집에서 끌려 나왔다. 그들은 그에게 폭력을
가한 뒤, 예리한 칼로 배에 깊숙이 십자가를 새겼다. 일용
노동자로 누이와 힘겹게 살던 그는, 결국 죽었다.

남부의 나무에는 이상한 열매가 달린다
잎사귀에도 피, 뿌리에도 피

몬태나, 헬레나(1870), 흑인 캠블과 윌슨은 한 노인에게
총을 쏘고 절도를 했다는 혐의로 붙잡혔다. 공식 재판을 거
부한 백인 자경단원들은 속전속결로 모의재판을 열어 사형
을 선고했다. 그리고 나무에 매달아 죽였다.

남부의 미풍에 흔들리는 검은 몸뚱이들
포플러 나무에 매달려 있는 이상한 열매

플로리다, 오키시(1888), 흑인 내시 그리핀은 한 백인 여
성을 모욕하는 쪽지를 썼다가 걸렸다. 여러 사람이 달려들
어 폭력을 가한 후, 마을을 떠나라 했다. 그가 말을 듣지 않
자, 40여 명의 복면을 한 사람들이 몰려가 총을 난사했다.

화사한 남부의 전원적인 풍광
튀어나온 눈과 찌그러진 입

사우스캐롤라이나, 레이크시티(1889), 흑인 윌리엄 매킨
리가 우체국장에 임명되자, 백인 우월주의자들은 분노했다.
그들은 우체국 사택에 불을 지르고, 뛰쳐나오는 일가족에
총알 세례를 퍼부었다. 그와 아내, 그리고 세 딸이 죽었다.

달콤하고 신선한 매그놀리아 향
그런데 갑자기 살 태우는 냄새

미네소타, 덜루스(1920), 흑인 서커스 단원 여섯 명이 한 백인 소녀를 추행했다는 혐의로 수천 명에 의해 끌려왔다. 긴급 소집된 재판에서 세 명은 무혐의로 풀려나고 세 명은 유죄가 인정되어 교수형을 당했다. 진상 조사 결과, 모두 사건과 연관이 없음이 밝혀졌다.

여기 한 열매가 있다, 까마귀들이 뜯어 먹고
빗물에 씻겨 나가고, 바람이 빨아 먹는

인디애나, 마리온(1930), 흑인 토마스와 스미스는 수감 도중 강제로 끌려 나왔다. 백인들은 둘을 로프로 묶고, 손목 발목을 잘랐다. 그런 다음, 바비큐 통닭처럼 쇠꼬챙이로 꿰뚫어, 법원 앞마당에 있던 나무에 매달았다. 그리고 기념사진을 찍었다.

햇살에 썩어 가고, 나무들이 떨어뜨리는
여기 이상하고 쓴맛 나는 작물이 있다

3

포플러 나무에 검붉게 익은 과일 두 송이, 제 무게를 못 이겨 축 늘어졌다. 로프가 팽팽하다. 핏물이 온몸에 엉겨, 표정을 알아보기 힘들다. 하나는 목을 꺾어 땅을 굽어보고, 다른 하나는 로프에 기대 하늘을 올려 보고 있다. 하늘에선 검은 구름과 흰 구름이 다정히 흘러가고, 땅에선 봄바람이 자주색 풀꽃 향기를 풀어 내고 있다.

나무 아래 수십 명의 백인들이 모여 환성을 지르고 있다. 사진기를 향해 활짝 웃는 여자, 손가락으로 열매를 가리키는 남자, 흡족한 듯 바라보는 노인, 늘어진 발끝을 살짝 건드려 보는 젊은이. 저게 뭐야, 묻는 아이들. 이제 그들은 맛있게 열매를 따 먹었으니, 한잔씩 걸치러 술집으로 몰려갈 것이다. 배불리 먹고 감사 기도를 올릴 것이다.

살인을 추억하다

1932년 12월 13일, 난징의 남동쪽 싱루카오 5번가
30여 명의 일본군이 들이닥쳤다.
그들은 문을 열어 준 주인을 죽였다.
왜 죽이느냐 소리치는 안주인에게도 총을 쏘았다.

이 집에 세 들어 살던 샤는 무릎을 꿇고
살려 달라 애원했다, 군인들은 샤를 죽였다.
그리고 샤의 부인을 강간한 다음 대검으로 찌른 뒤
성기에 향수병을 꽂아 넣었다.
곁에서 울던 아기도 덤으로 찔러 죽였다.

군인들은 옆방에서 샤의 부모와 네 딸을 찾아냈다.
두 노인을 우선 총으로 쏘았다.
이어 열여섯 열넷, 두 딸을 강간한 후 잔혹하게 죽였다.
담요 밑에 숨어 있던 여덟 살 딸은 대검에 찔렸다.
막내딸은 담요 밑에서 겨우
죽음을 면하는 대신 뇌 손상을 입었다.

집을 나서기 전 군인들은

깔끔하게 마지막을 장식하는 기념으로
떨고 있던 안집 두 아이를 데려왔다.
큰아이는 대검으로 찌르고, 작은아이는 목을 잘랐다.

이 집의 유일한 생존자인 여덟 살, 네 살 두 아이
엄마 시체 곁에서 쌀 부스러기를 먹으며 보름을 버텼다.
국제 위원회에서 이 집을 찾았을 때
탁자 위에는 강간당한 채 죽어 있는 어린 소녀와
아직 덜 마른 피가 흥건했다.
하느님도 부처님도 거기에는 없었다.

난해한 퀴즈

난징에서 얼마나 많은 사람이 죽었을까?

1) 중국 군사 전문가 류팡추: 43만 명
2) 일본인 전범의 고백: 37만 7400명
3) 작가 제임스 인, 시영: 35만 5000명
4) 일리노이대 교수 우테인웨이: 34만 명
5) 일본 외상 히로타 코키: 30만 명
6) 극동 군사 재판소 재판관: 26만 명
7) 역사학자 선자이웨이: 22만 7400명
8) 일본 역사학자 후지와라 아키라: 20만 명
9) 일본 작가 하타 이쿠히코: 4만 명
10) 일부 일본학자: 3000명

살인자들은 어떤 처벌을 받았을까?

1) 극동 군사 재판소에서 A급 전범 일곱 명 사형
2) 살인 주범자들 대부분 전후에 사면 복권, 수상까지 지냄
3) 히로히토 왕께선 오래오래 만수무강하셨음

미라발 자매의 노래

파트리아
키 높이 구두를 신은 땅딸보, 뒤뚱뒤뚱 걸어가네,
눈은 작고 쑥 들어갔어, 나폴레옹처럼 황제복을 차려입고
혀가 닳도록 아첨하는 놈에겐 벼슬 얹어 주고
귀에 거슬리는 말을 하는 자는 혀를 뽑아 죽여 버리네,
지옥의 악마도 몸서리치며 도망갈걸,
스스로 자신을 '엘 헤페'라고 부르는 고문 기술자.

미네르바
허리케인 '산 제논'이 삼천 목숨을 앗아 가던 그해
투르히요는 사우론의 음모처럼 도미니카를 움켜쥐었지,
비밀경찰을 그물망처럼 깔아 놓고 폭력과 협박, 대학살로
부하의 마누라도 예쁘기만 하면 다 잡아다 따먹고
다음 날 쥐도 새도 모르게 없애 버렸다지,
수도 이름도 '산토도밍고'에서 '투르히요'로 바꾸는 판에.

안토니아
집권 31년, 암흑의 길고 긴 세월
백성들이 굶어 죽거나 도망가다 바다에 빠져 죽는 동안

투르히요 비밀 창고엔 금궤와 달러가 착착 쌓였지,
미 국무 장관께서 일갈하시길, 더러운 개새끼지만
우리 편 개새낀 걸 어째,
쿠바 옆에서 시원하게 똥구멍을 핥아 주니 낸들 어째.

파트리아
아이티 사람들은 '페레힐' 발음을 못한다지,
"애새끼들 골라내는 데는 최고야, 씨발놈아, 페레힐~ 해
봐"
그렇게 투르히요가 아이티 노동자 3000명을 죽이던 날,
교회에선 '하늘엔 하나님, 지상엔 투르히요'라는 간판을
'지상엔 투르히요, 하늘엔 하나님'으로 바꾸고 있었지,
몇 번인가 마른하늘에 천둥이 쳤다지.

미네르바
재미있는 코미디도 가끔 있었어,
딸 안젤리타를 '세계 평화 친선 여왕'으로 임명하고
축하 잔치를 열었다네, 잔치 비용으로 3000만 달러,
마누라 마리아 마르티네는 글도 제대로 못 읽는 무식쟁이,

도미니카 국민 작가 겸 위대한 철학자로 추앙했네,
그날 도미니카 사람들 배꼽이 다 빠졌다네.

안토니아

친자식이라 하기도 하고 아니라고 하기도 하고
하여간 장남 람피스 투르히요는 아비 못지않은 꼴통,
네 살에 대령으로, 아홉 살에 준장으로 승진을 했는데
아비가 암살되고 잠깐 권력을 잡았는데
그새 암살단원들을 무자비하게 고문하고 처형해 악명을
떨쳤어,
결국 스페인으로 도망갔다 차 사고로 죽었지.

파트리아

억울하게 죽은 사람이 어디 한둘일까,
라파엘 예베스는 학교 선생님, 아이들에게 글쓰기 발표
를 시켰지,
한 아이가 투르히요와 마누라 도냐 마리아 찬가를 읊으
니까,
한 말씀 하셨어, 여러분 도미니카 모든 여성은 도냐처럼

칭송받고
　미래에는 여러분도 투르히요처럼 위대한 지도자가 될 거
예요,
　그날 밤 가족과 함께 끌려가서 영원히 돌아오지 않았어.

　미네르바
　비밀경찰 대장 조니 아베스 가르시아, 오 그 무시무시한
이름,
　이름만 들어도 뼛골이 시린 귀신 중의 귀신,
　민주 투사들을 고문할 때는, 난쟁이 부하를 시켜
　불알을 물어뜯게 했다네, 고환을 한쪽씩 깨물어 뜯어낼
때마다
　비명 소리가 구천까지 들리고 피 냄새가 지옥까지 퍼졌
다네,
　지금도 어두운 밤이면 그의 혼령이 떠돈다는군.

　안토니아
　마지막 전설은 이렇다네,
　투르히요가 오입질하러 나서는데, 검은 시보레 한 대가

따라왔지,

　시내를 벗어나는 순간 옆 차에서 총알이 쏟아졌어,

　운전수가 쓰러지자, 개새끼들, 그래 어디 한판 붙어 보자,

　투르히요는 스물일곱 발을 맞고 쓰러졌어,

　일설에 의하면 고향 쪽으로 두 걸음인가 떼었다고.

　합창

　카리브 해의 아름다운 바다여,

　도미니카의 붉은 장미여,

　어둠 속을 날아가는 나비들이여.

풍경들

전경

▷ 채찍을 든 나치 장교 명령에 따라 사람들이 옷을 벗는다. 신발, 겉옷, 속옷으로 구분된 곳에 차례로 벗어 놓는다. 이미 1000켤레쯤 되는 신발 더미와 더 큰 옷 더미가 쌓여 있다.

▷ 비명도 흐느낌도 없이 사람들이 서 있다. 마치 유령처럼 혹은 성스러운 의식을 치르는 사제처럼, 옷을 벗은 채 가족끼리 모여 있다. 서로 키스를 하고 마지막 작별 인사를 나눈다. 장교의 명령을 차분히 기다린다. 구덩이 옆에서 15분쯤 기다리는 동안, 햇살과 바람이 멈춘다. 검은 침묵이 내려앉는다.

▷ 아니다. 머리 하얀 노파가 갓 돌을 넘긴 손자를 품에 안고 자장가를 부른다. 아기는 곤히 잠들었고, 아이 엄마가 눈물을 글썽이며 아기를 본다. 옆에 아빠는 열 살쯤 된 아들 손을 잡고 작은 소리로 말을 하고 있다. 무슨 내용인지는 하느님만이 안다.

▷ 구덩이에는 사람들이 빽빽하게 겹쳐 누워 있다. 어떤 사람은 아직도 살았는지 꿈틀대기도 하고, 허공에 손을 뻗

기도 한다. 옆 나치 대원이 기관총을 무릎에 얹은 채 피우던 담배꽁초를 그쪽으로 던진다. 구덩이 3분의 2쯤 시체로 채웠는데, 아직도 많이 남아 있는 게 짜증이 난다.

▷ 장교가 드디어 명령을 내린다. 스무 명씩 한 줄로 서서 누운 사람들 머리 위로 기어 올라간다. 같은 자세로 눕는다. 아직 목숨이 붙은 누군가가 신을 불렀지만, 그 소리는 곧 지워진다. 이어 쏟아진 총소리가 목소리를 덮었기 때문이다. 곧 정적이 찾아오고, 몸에서 영혼과 고통이 환하게 빠져나간다.

후경

▷ '짐'을 많이 싣기 위해서 트럭의 길이를 약간 늘릴 것을 추천합니다. 무게 중심이 앞으로 쏠려 있어 효율적인 보강 조치가 필요합니다.

▷ 가스가 주입되면 연결 파이프가 쉽게 녹슬기 때문에 가스를 위에서 투입할 것을 권합니다. 밀폐용 뚜껑이 반드시 있어야 합니다.

▷ 청소를 용이하게 하기 위해 바닥을 약간 경사지게 만

들고, 밑에 10인치짜리 구멍을 만들 것을 제안합니다. 구멍에는 거름망을 달아 '액체'는 빠져나오고 '오물'은 거르게 만들어야 합니다.

▷ 시체를 화로에 넣을 때는 전기로 작동하는 금속 갈퀴를 사용할 것을 제안합니다. 우리 회사에서는 600×450밀리미터 규격의 소형 화로로 효율을 극대화할 수 있습니다. 설계도를 첨부합니다.

▷ 우리 회사는 뵈블린과 다하우에서 이미 화로를 만든 경험이 있습니다. 실제로 써 보시면 크게 만족하실 것이며, 구체적인 시설물에 대해 논의한 후 화로 설계 계획안을 제출하고자 합니다.

▷ 저희 회사 가마는 내구성이 뛰어날 뿐만 아니라, 석탄 이용 시 놀라운 열효율을 보장합니다. 최신식 기술과 설비, 그리고 우수한 자재와 경험을 자랑합니다.

▷ 저희는 비누 제조 계약에 대해 협의하고자 합니다. 소각 후 나오는 지방 900그램, 물 10리터, 가성 소다 300그램을 넣고 두 시간쯤 끓인 후 식히면 우수한 품질의 비누를 생산할 수 있습니다. 세부적인 기술 문제와 절차를 협의하고 싶습니다. 연락을 바랍니다.

할망이 울다가 웃는다

스물여섯 나던 해, 산에서 신랑이 아니 내려왔으니까, 도
피자 가족이랜 허더라고요. 그때엔 왕상왕상허니까 폭도
사는 집덜은 불태와 버리고 믄 그냥 허는디, 더 갈 데가 어
서서 시아버지가 어디 산, 수뭇 산도 아닌디, 큰 굴이 이시
니까 따라갔어요. 흔 사흘 자니까 발견되언 막 토벌 오르
지 안 해수꽈. 우리가 곱을 데가 없지 안 해우꽈, 눈은 우
리 키마니 묻고 나문은 창창허였고, 우리 세 슬 난 딸, 다
섯 슬 난 아기 데리고, 동네 사람 몇허고 열두 사람이 갔어
요. 긴 낭끄지를 서부쟁이 꺾어서 사람이 싹 넘어가난 뒤
에 사서 이렇게 삭삭 쓸면은 차귿이 다 미어 불더라고요.

총 팡 허민 움치락, 총 팡 허민 움치락 하난, 울지도 못
허고 가슴에 가만 붙어서 쉬었는데, 토벌대 올라왔는 거야.
새벽 네 시가 되니까 옆 구덩에서 아기가 우는 소리가 났어
요. 아기 구덕 정 걷는 사람을 쏘아 버리니까 어멍은 죽구
그 아긴 산 거예요. 그 소릴 들으면서 우리도 아서라, 우리
도 오늘 다 죽었다, 우리도 못 살겠다, 어여도 그래도 죽여
불지 안 허난 사는 거예요. 오늘까지 살았어여. 토벌대 내
려가고 우리가 싹 내려왔어요. 올라간디 놔둬 두고 싹 내려

완. 이불이고 옷이고 뭐 그냥 그릇이고, 싹 모여 놓고 다 팟
직 불을 태왔어요.

시어머니와 시동생이 뒷날에 열리를 믈아 가서 열리 사
람 손에 죽었어요. 나도 스뭇 신랑을 내노라고, 서북 청년
인지 누군지, 그냥 깨진 장작으로 무조건 날 꿇려 앉혀 놓
고 그 아기 배고 헌 걸 그자 등대길 막 두두리더라고요.
막 두두난 이런 장작으로 등을 두두리니까 숨이 톡 끊어
지고 숨을 못 쉬었어요. 이제는 죽어지는구나 허니까 한참
이시니까 또 숨이 돌아오고 내가 숨을 셔졌어요. 내중에
아딜딜이 봐서 어머니 등뼈 하나가 들어간 없수다 경해도
사람의 목숨이 이렇게 질겨요.

아방이 팔월 열흐릇날 정뜨르 비행장 안에서 죽었다 헌
소문이 들어오더라구요. 나 이제사 눈물도 나는 거주나, 그
땐 배고프지도 안 혀고 울어지지도 안 혀고 나가 밤낮 삼일
은 무뚱에 간 앉안 살았어요. 무뚱에만 가만히 앉앙 살다
가, 자식들 생각허는 게 나가 이렇게 가만히 아즈문 안 되
겠다, 오몽허고 나가 삼일 만에 일어낭 대기고 그 아기들을

살렸는데. 지금 나가 여든둘꺼장 살고 있어요. 우리 아기들은 이제 뚤이 예순셋, 아들이 예순나난, 작은뚤이 쉰아홉 경 낫고예, 손지가 슬나문썩 나고 손손지가 여나문썩 낭고 양 식구가 바글바글 이젠.

회색인들

거기에선 삶도 죽음도 가벼웠다
빵 한 조각, 죽 한 그릇의 무게보다 가벼웠다
우정도 의리도 정의도
한 줌 재로 사라질 날들이 저만큼 가까이 있는데
하루 살았다는 게 이토록 무겁다니

아우슈비츠 유태인들은 석 달을 넘기지 못하고 쓰러졌다
하루 두 차례 멀건 죽과 열일곱 시간의 노동
그걸 견딘 자들도 가스실에서 마지막 운명의 문을 닫았다

나치의 명령에 따라
고분고분 그럭저럭 하루하루 살던 자들은 다 죽었다
신을 부르며 기도하던 자들은 다 죽었다
마지막 인간으로서의 존엄과 품위를 유지하며
조금 남은 적선과 연민을 나누던 자들은 다 죽었다
아이들 노인들 아녀자들
착하고 약하고 힘없는 자들은 다 죽었다

일찍 수용된 '낮은 번호' 유태인 15만 명 중에서

기적 같은 일이지만 그중 몇백 명은 끝까지 살아남았다
오, 지옥에서 부활한 그들은 누구인가

오, 회색분자들
같은 유태인이면서 동족의 피를 빨아먹던 쥐새끼들
배식 담당이 되어 빵을 뒷거래하던 거간꾼들
금니를 모아 나치에게 상납한 놈들
잘생긴 얼굴로 못생긴 나치 장교의 애간장을 녹여 준 동
성애자들
수용소 내부 동태를 몰래 일러바친 끄나풀들
동족에게 무자비하게 회초리를 휘두르던 작업반장들
시체 처리 전문가들
의사, 재봉사, 구두 수선공, 음악가, 요리사
나치에 부역한 자들

자, 돌을 던져
당신, 죄 없거든, 돌을 던져
돌팍을 들고 내려찍어
할렐루야

월남 뉘우스

어머님 전 상서, 기체 후 일향 만강하옵시고, 가내 평온하옵신지요, 불초 소생 어머님 염려 덕에 이역만리 이국땅에서 몸 성히 잘 지내고 있습니다, 순자 누이도 안녕하고, 칠복이도 인자 많이 컸겠구나, 가재골 고모님도 아들 낳았다더니, 경사가 만복입니다.

저는 별 고생은 없지만서두, 고향 산천이 꿈에서 어리더리헌디, 옆에 전우들이 자꾸 작전 나갔다 못 돌아오는 일이 있는 고로, 맴이 편치 않습니다, 엊그제 다낭에서 남쪽으로 시오 리쯤 되는 곳으로 수색을 나섰는디, 씨발, 베트콩 새끼들이 분명히 있었을 건디, 우리 작전에 그렇게 되어 있었는디, 글씨, 마을엔 아낙들과 애기들과 노친네들만 있고, 쥐새끼 모냥으로 다 사라져 버렸지 뭡니까, 빨갱이 새끼들은, 엄니, 그냥 놔둬선 안 된다니께요.

땅굴마다 수류탄을 까서 하나씩 멕이구, 마을 사람들을 보리수나무 아래 불러 모아 놓고, 취조를 좀 했어요, 엄니, 그 썹새끼들 땜에 죽겠어요, 다 잡아 죽여야 돼, 베트콩인지 아닌지 워찌 알아요, 쥐방울 같은 애새끼가 김미껌, 김미껌, 하길래, 껌 하나 줄까, 그러면 수류탄 한 개 까 던지고 밀림으로 도망치걸랑요, 우리 이렇게 당한 게 한두 번 아냐,

그냥 싹 쓸어버려도 시원찮아요, 그래서 그날은 뽄때를 좀 보여 줬거들랑.

풍니촌 마을 입구에 우리 동네 느티나무 같은 보리수나무가 있어요, 거기에 구덩이를 파고, 다 쓸어 넣었어, 한 백여 명, 화염 방사기로 쓸어버렸어, 보이는 집마다 불을 지르고, 애새끼 아녀자 늙은이 가릴 것 없이 마주치는 사람마다 총으로 쏘아 죽였어, 배를 갈라 창자를 꺼내고 시신을 불구덩이에 던져 넣었어, 내가 봐도, 나 미쳤어, 씨발, 불에 시커멓게 탄 시체를 나무에 죄다 걸어 놓았어, 아, 기분 좆같았어, 씨발, 내가 왜 이 짓을 하는지 몰러, 엄니.

우린 그렇게 배웠거들랑, "깨끗이 죽이고 깨끗이 불태우고 깨끗이 제거하라"고 중대장 새끼가 입이 닳도록 씨부렁거렸거들랑, 다음 날 우리 청룡 부대는 초소 문을 닫아 걸고 막는데, 월남 사람들이 콩쩌이다오에서 응옥담까지, 일번 국도 양쪽에 검은 시체들을 죽 늘어놓았어요, 목숨 살려 내라고 울고 지랄하는데, 어쩌란 말이야, 아, 양키 새끼들처럼 나두 뽕이라도 먹고 싶어, 나보고 어쩌란 말야, 가고 싶어, 엄니, 여기 싫어, 집에 가고 싶어, 어무이……

핑크빌

1

찰리 중대가 밀라이 마을에 도착했을 때 베트콩은 보이지 않았다. 젖먹이를 안은 아낙네들과 팔순이 가까운 노인들만이 조용히 아침을 먹고 있었다. 1968년 3월 16일 아침, 중대장 캘리 중위는, 움직이는 것은 모두 적군의 끄나풀, 보이는 대로 다 죽이라고 명령했다. 미군들은 집을 향해 숲을 향해 구덩이를 향해, 총을 쏘고 화염 방사기로 쏠었다. 두 손을 들고 기어 나오는 사람, 도랑에 넘어졌다 도망치는 사람, 사냥하듯 죽였다. 군인들에게 무릎을 꿇고 머리를 조아리는 사람들을 개머리판으로 치고 대검으로 찔렀다. 어떤 시체 가슴에는 찰리 중대를 뜻하는 C자를 새겼다. 강간과 남색, 사지 절단과 시체 훼손이 이어졌다.

광란의 시간이 흐르고…… 숲은 다시 적막해지고…… 거기엔……
시체 504구가 흩어져 있었다.

2

— 그는 A45 화염 방사기를 아이에게 조준했는데, 빗나갔

어요. 우리가 웃자, 1미터쯤 다가가 다시 쐈어요. 그래도 빗나가고 우리가 웃어 대자, 그는 그냥 아이 머리 위에 대고 쏴 버렸어요.

　- 제 기억으론, 한 여자가 쓰러졌다 일어나더니 도망치려 했어요. 팔에 어린애를 안고 있었는데, 결국 도망가지 못했고, 누군가가 쏜 총에 맞아 쓰러졌어요. 아이 울음도 사라졌죠.

　- (헬기에서 내려 보니) 거긴 핏물이 담긴 거대한 욕조처럼 보였어요. 지옥이 꼭 그렇겠죠.

　- 우리가 마을을 떠날 때, 거기에 살아 있는 건 아무것도 없었어요.

　- 캘리와 메들로가 사람들에게 화염 방사기를 쏘아 대고 있었죠. 그들은 마치 신이 들린 것 같았어요. 그때 난 메들로의 눈에서 눈물이 흐르는 걸 봤어요.

3

　사건 직후 군 당국은 적군 128명을 사살했다고 발표했다 ▶ 그러나 목격자의 증언이 하나둘 나오기 시작했다 ▶ 이 듬해 11월 시모어 허시 기자의 탐사 보도로 학살의 진상

이 밝혀졌다 ▶ 기자는 퓰리처상을 받고, 미국에서 반전 여론이 형성되기 시작했다 ▶ 미군은 진상 조사단을 구성하여 장교 28명과 하사관 2명을 기소했다 ▶ 그러나 유일하게 캘리 중위만이 재판에 회부되었다 ▶ 그는 "상관의 명령을 따랐을 뿐"이라고 말했다 ▶ 결국 그는 10개월에 걸친 재판 끝에 민간인 100여 명을 살해한 죄로 종신형을 선고받았다 ▶ 그러나 그는 3일 만에 석방되어 가택 연금에 처해졌다 ▶ 그리고 3년 뒤 10년으로 감형, 이어 같은 해 닉슨 대통령은 그를 완전 사면했다 ▶ 그리고 사건은 완전히 종결되었다

4
작전명 핑크빌
숲은 고요했고 물잠자리들이 시체에 내려앉아
검은 눈을 들여 보고 있다
이젠 피가 멎었네, 뜯어 먹어도 되겠어
아무도 미워하지 않고 아무도 두려워하지 않았던 죽음이어서
무덤조차 지워진 죽음이어서

구더기들과 거나하게 잔치를 열어도 되겠어
붉은 꽃 한 줌 꺾어 올리고
천 개의 눈이 번득이고 천 개의 달이 지나간다
숲은 다시 숲으로 돌아간다
무성하게 알이 슨 나무들마다 기억의 유전자를 심는다
우리는 아직도 여기 있다

빅토르 하라*

1973년 칠레 산티아고
정치범 6000명이 축구장에 수용되었다
무대 중앙에 탁자가 하나 준비되었다
빅토르가 끌려 나왔다
손을 테이블에 올려, 소장이 명령했다
그는 도끼를 들고 있었다
한 번 내려치자 왼손의 손가락들이 굴러 내렸다

　　어떻게 자유를 말할 수 있을까
　　눈앞에서 자유를 빼앗으면서

빅토르가 쓰러졌다
지켜보던 12000개의 눈알이 일제히 신음 소리를 냈다
자, 노래를 불러라, 소장이 명령했다
천천히 일어나 피가 떨어지는 손을 들어 올렸다
군인들이 빅토르에게 착검한 총을 겨누었다
마지막 울림으로 가수가
인민 연합의 노래를 부르기 시작했다

어떻게 평안함을 이야기할 수 있을까
테러로 모든 것을 짓밟으면서

그의 목소리에 맞춰 정치범들이 일제히 따라 불렀다
군인들이 빅토르에게 총을 난사했다
마치 관중들에게 인사하듯 그가 고꾸라졌다
그래도 노래는 그치지 않았다
이번에는 군인들이 관중을 향해 발포했다
얼마 후 축구장은 그저 조용하고
검은 비만 내리고 있었다

로마의 성스러운 아버지께서는 뭐라고 하실까
평화의 비둘기 목이 떨어지는 것을

* 필자의 두 번째 시집 『슬픈 산타페』에 '빅토르 하라의 죽음'이라는 제목
으로 실렸던 것을 수정했다.

대형께서 말씀하시길

1975년 초여름
내가 막 열 살이 되었을 때
우리 가족은 프놈펜을 떠났습니다
군 관리였던 아버지는 북서쪽 멀리 후송됐다가
숲 공터에서 눈가리개도 하지 않은 채
기관총 엽총 수류탄의 세례를 받았습니다

    大兄께서 말씀하셨습니다
    사람을 살리는 것은 이득이 아니며, 죽이는 것은 손실이
    아니다

다행히 아버지 팔에 총알 하나가 관통하고
두 개는 머리에 박혔습니다
총알은 다른 시체를 뚫고 나온 뒤라 힘이 빠져
아버지는 죽지 않고 시체에 숨어 밤까지 견뎠습니다
어둠 속에서 죽을힘을 다해
친척들이 머물던 시골로 도망쳤습니다

    大兄께서 말씀하셨습니다

캄푸치아 농업 혁명을 위해 모든 가족은 해체하여 집단
농장에 투입한다

친척들은 공포에 떨었습니다
반역자를 숨겨 주는 자는 누구든 똑같은 반역자
어쩌면 좋을지 몰랐습니다
아버지를 독살해 줘도 새도 모르게 땅에 묻을지
수레를 주어 태국으로 도망가게 도와줄지
밤새워 토론을 벌였습니다

大兄께서 말씀하셨습니다
우리 앙카르는 파인애플처럼 많은 눈을 갖고 있다

마침내, 큰 외삼촌이 결론을 내렸습니다
그리고 그날 밤 크메르 루주가 들이닥쳐
오두막에 숨어 있던 아버지를 끌어냈습니다
군인들은 논바닥에 아버지를 세우고
손전등을 비춘 채 총을 쏘았습니다
아버지는 내 이름을 두 번 부르고 춤추듯 쓰러졌습니다

大兄께서 말씀하셨습니다
죄인 한 명을 자유롭게 하는 것보다, 무고한 열 명을 잡
아 죽이는 게 낫다

그렇게 어둠의 땅 캄보디아에서는
200만 명이 어둠에 녹아들었습니다
앙카르를 기쁘게 하며 조국의 흙에 피를 뿌렸습니다
죽어서도 눈을 감지 않았습니다
살아남은 자들은 죽은 자들의 눈에 박힌 자신의 그림자를
지우지 못했습니다

실어증에 대한 사례 보고

임상 기록

이름: 도웅 찬토

생년월일: 1968년 2월 13일

출생지: 캄보디아 프놈펜

생존 가족: 여동생(캄보디아 거주)

병명: 여덟 살 되던 해, 그 사건 후 실어증(aphasia) 시작

행위도착증(apraxia)을 보임, 필담은 다소 가능

사건 증언 (요약)

- 지금 몇 살인가?

- ……

- 말하고 싶지 않으면, 글을 써서 대답할 수 있나?

- [뭐, 알고 싶어?]

- 테러가 있던 날을 기억하는가?

- [다 죽었다, 아버지, 엄마, 누이, 다 죽었다.]

- 누가 어떻게 죽였는가?

- [앙카르, 나쁜 놈들…… 우리, 물웅덩이, 수류탄을 던졌다.]

- 크메르 루주가 그랬는가?

- [우리 가족, 숨은 곳, 고자질, 나, 살려 준다, 했어.]

 - 당신은 아버지를 고발한 대가로 살아남았는가?

 - [나도 웅덩이, 던져졌다…… 그런데, 나만, 억울해, 살았다.]

 - 그때 모두 몇 명이나 죽었나?

 - [몰라, 숫자, 소용없어.]

 - 글은 쓰면서, 왜 말은 안하는가?

 - ……

아버지

그래, 날 죽여라, 내가 무슨 잘못을 했단 말야, 아니, 우리 가족은 살려 주세요, 우리 아들만이라도, 얘만이라도, 여덟 살 밖에 안 된 이 애가, 무슨, 죄가 있단 말이요, 세월이 바뀌면, 늬 놈들이 무성할 성 싶으냐, 이 돼지보다 못한 놈들, 늬 애비도 이렇게 죽였냐, 그래 날 죽이고 폴 포트한테 충성 많이 하거라, 아, 애야, 울지 마라, 네 잘못 없다, 세상 누가 어떤 말을 해도, 듣지 말거라, 말하지 말거라, 아가야, 아빠가 안아 줄게, 내가 널 보호해 줄게, 총알도 칼날도 내 몸으로 다 막아 줄게, 울지 마라, 아가야, 이 개새끼들아,

나만 죽여 다오

보충 자료

폴 포트는 처벌되지 않았습니다

3년간 폭군 같은 권세가 끝나자 그는 안전하게 밀림으로
도망갔습니다

미국은 중국의 눈치를 보느라

중국은 크메르 잔당들과 무기 거래로 돈을 버느라

캄보디아인들은 이미 눈과 귀와 손발을 다 잃어버려

누가 죄인인지

누가 피해자인지

알 수 없게 되었습니다

결론

진단: 좌뇌 브로카(broca) 부위 손상 추정, 약간의 청력
저하

공포와 억압에 의한 언어 기피증 가능성

처방: 장기간의 집중 치료 요함

2부

세상의 끝

건조한 고원 바람이 좀 잦았지만, 나무들은 여전히 앙상한 가지를 흔들어 댔다. 땅도 사람도 아직 봄이 아니었다. 며칠째 할라브자 어딜 가나 흉흉한 소문이 꼬리를 물었다. 소문은 은밀하게 도시를 감돌았다. 가끔 죽음의 전령처럼 까마귀가 꺽꺽 울었다. 이라크군 철수 후 한동안 계속됐던 야간 공습이 갑자기 뜸해졌다. 지독했던 시절이 끝나고 평화가 온 걸까. 쿠르드에 봄 햇살이 내리는 걸까. 사람들은 기쁘면서도 불안했다. 모레는 장날, 모처럼 양고기 맛을 좀 볼 수 있을까.

3월 16일 아침 10시, 남쪽에서 비행기 소리가 들렸다. 난 뒷마당 아래 지하 대피소로 두더지처럼 숨었다. 가족들은 다 어디 갔지? 엄마는? 동생 하산은? 길 건너 마을 방공호로 무사히 피했을까? 엄마는 2년 전부터 관절염으로 빨리 못 걷는데, 동생은 옆집 아미드네 집에 놀러 갔을 텐데. 나는 대피소 바닥에 엎드려 눈과 코를 막고 숨을 쉬지 않으려 애썼다. 흙냄새가 시큼했다. 요란한 폭탄 소리와 사람들 비명 소리가 아득하게 들려왔다. 두 시간쯤 흘렀을까, 밖이 조용해졌다. 한 시간이 더 지났다. 나는 살금살금 땅에서 기어 나왔다.

역한 냄새가 났다. 노란 연기가 아직도 맵게 느껴졌다. 케미컬 알리가 이번엔 겨자탄을 쓴 게 분명했다. 사람들이 검게 탄 채 굳어 있었다, 폼페이 유적처럼, 히로시마 원폭처럼. 옆집 아미드는 강아지와 함께 하수구에 엎드려 움직이지 않았다. 불탄 시체들이 주변에 가득했다. 유모차를 밀다 쓰러진 사람, 난간에 기댄 채 꼭 안은 남녀, 주전자 뚜껑을 들고 멈춘 사람, 대문을 붙잡고 일어서려는 사람, 자전거와 함께 쓰러진 사람…… 시체들을 손으로 건드리면 그 손도 불에 덴 듯 무너져 내렸다.

정말 두려웠다. 아무도 살아남지 못했을 거야, 엄마도, 동생도. 근처 동굴로 가 보기로 했다. 가끔 동생과 놀던 곳엔 아무도 없었다. 저녁 햇살이 내 눈물을 씻어 줄 때, 근처 냇가에서 엄마를 찾아냈다. 엄마는 진흙에 얼굴을 박은 채 엎드려 있었다. 몸을 돌려 바로 눕혔다. 나는 엄마에게 입맞춤하고 싶었지만, 그러지 못했다. 무서웠다. 냄새 고약한 그 화학 물질이 무서웠다. 나는 엄마 곁에 홀로 앉아, 저녁

어스름이 할라브자를 천천히 내리누르는 걸 오래오래 바라보았다. 외롭고 무서웠다. 그리고 엄마에게 마지막 입맞춤을 못한 게, 너무나, 부끄러웠다.

친구는 없고 산만 있다

> "산을 평평하게 만들어라, 그러면 하루도 지나지 않아
> 쿠르드 인은 존재하지 않을 것이다"
>
> ──쿠르드 속담

1988년 4월 어느 날

지도상에 표시된 마을 4000개가 흔적 없이 사라졌다

집은 허물어지고 사원도 무너졌다

공동묘지를 파헤쳐 놓은 곳, 불탄 기둥들, 재가 날리고
있다

가끔 주인 잃은 개들이 늑대처럼 컹컹 짖었다

무덤에 들지 못한 시신 곁에

한 무더기 흰 유령 꽃이 피어났다

그리고

키르쿠크 근처 토프자와 수용소에서는

건축 공사 인부 스물다섯 살 총각 오제르가 쫓겨나고 있다

아침 8시가 좀 넘은 시각

수백 명이 넘는 사내들과 함께 오물투성이 덮개차에 실
렸다

어디로 가는지, 왜 가는지

아무도 묻지 않았지만 그들은 이미 알고 있었다

사막을 지나, 하루 종일, 어둠 속으로

달려가며, 그들은 기도했다, 이슬람 전통에 따라, 서로에
게 용서를 빌었다

우리의 죄를, 저들의 죄를, 사하소서

그리고 총소리와 불도저 소리가 들리는 곳에서 멈췄다

탐조등 불빛 아래 섰다

곁에 거대한 구덩이가 있었는데

이미 죽은 수백 구의 시체 위에 불도저가 흙을 한 겹씩
덮고 있다

몇 차례 총성이 더 들렸다

총알이 한 줄로 선 남자들 몸을 뚫고, 유리 파편이 튀고,
피가 강처럼 흐르고

오제르가 쓰러진 자리에 죽은 시체들이 와르르 무너져
내린다

그때, 도저히 있을 수 없는 일이 벌어졌다

다른 차로 도착한 한 무리에서

누군가, 미쳤을 거야, 제정신으로 그럴 수 없지, 정말 이

건, 알라의 기적이야

　한 사람이 순찰병과 거칠게 몸싸움을 벌인다

　탐조등이 그쪽으로 옮겨 간다

　군인들이 차에 수류탄을 까 넣고 기관총 세례를 퍼붓기
시작한다

　할리우드 영화처럼 버스가 벌집이 되는 사이

　오제르는 소란을 틈타 엉금엉금 기어간다

　시체들 사이로, 불탄 차량을 피해, 모래 더미 뒤로 돌아

　어둠의 한가운데로

　사막으로

　달린다

　달린다

　새벽이 밝아 오고

　적막한 사막 저쪽에, 아득하게 검푸른 산이, 멀리 까마
득히

　쿠르드의 산이 보인다

지옥문

- 거기 있는 동안 무얼 먹었습니까?

집에 숨겨 두었던 옥수수로 버텼는데, 나중엔 한밤중에 몰래 나가, 근처 빈집에서 남은 음식을 훔쳐 오기도 했고요, 죽은 시체 주머니를 뒤지기도 했어요. 살아남은 게 기적이자 저주예요.

- 그러니까 그 좁고 냄새나는 화장실에서 100일을 버텼단 말이죠?

우리 가족 중에서 이모와 삼촌은 후투족에 걸려서 이미 죽었고, 나머지 여덟 명이 두 평도 안 되는 뒷간에 숨어 지냈죠. 입구를 벽돌로 위장했지만, 정말 기적이에요. 석 달 뒤 후투가 물러나고 우리 투치족이 '영광의 반격'을 시작하자, 우리도 드디어 자유를 찾았지요. 막내는 얼마 안 돼 영양실조로 세상을 떴고. 끔찍한 기억이에요.

- 거기에서는 세상이 어떻게 돌아가는지 몰랐겠군요.

뒷골목을 향해 작은 구멍이 나 있었는데, 길에선 눈에
안 띄었지만 우리가 있던 곳에선 밖이 환하게 보였어요. 창
턱 아래 시체 스물세 구가 오랫동안 버려져 있어서 후투
놈들도 가까이 오기를 꺼렸고요. 우린 그 구멍으로 세상과
통했어요.

— 그 구멍으로 무엇을 보았나요?

마체테나 도끼를 든 놈들이
우리 투치족을 보이는 대로 다 죽였지요.
후투족 아버지를 둔 옆집 아이는
투치족 엄마와 함께 바로 저 골목에서 목이 잘렸고
온건파 수상이 암살되던 다음 날
언덕 위 교회에선 투치족 수백 명이
하느님이 보는 앞에서 한꺼번에 살해당했어요.
난 하느님을 믿지 않아요.
'라디오르완다'에선 연일 처형 대상자 명단이 흘러나오고,
총을 든 미친개들이
투치는 물론 후투 온건파의 집에까지 불을 질렀지요.

매캐한 연기가 스며들어 왔는데
우린 아무도 재채기를 안 하고 잘 참아 냈어요.
어떤 날은 시체를 허리 높이만큼 쌓아 놓았는데
핏물이 강처럼 마른 대지를 적셨죠.
난 하느님을 믿지 않아요.
지옥이 있다면 바로 여기가 거기죠.

– 당신에게 삶은 무엇입니까.

누군가 남아서 이 몸서리쳐지는 고통을 말해야 해요. 우
린 죽어서도 이 기억을 지우지 못할 거예요. 살아남은 게
기적이자 저주예요. 신은 우리 르완다를 버렸죠. 난 누구
도, 믿지 않아요. 믿지 않아요.

흑백 사진 한 장

늘대처럼 꺾인 남자들이 경계 너머에 서 있다, 한 사내
는 가시철망을 움켜쥔 채 피를 흘린다, 옆 사내는 깊고 푸
른 눈으로 카메라를 응시한다, 눈 속에는 오래된 늪이 있
고, 늪이 짙은 안개와 분노의 언어를 키웠음이 점차 분명
해질 것이다, 앙상한 갈비뼈 사이로 8월, 뜨거운 바람이 지
나간다, 산 너머 28지구에서 포탄인지, 쿵쿵 소리가 이어지
지만, 모두 익숙한 듯 움직이지 않는다, 침묵을 두려워하는
족속도 있다, 하지만 적어도 수용소에서 엉겅퀴처럼 여윈
포로들에겐, 그것이 죽음의 반죽 덩어리이며, 빵처럼 부풀
어 올라, 마침내 생명의 끝자락이 부르르 울리게 되리라고,
그 예언은 신의 입술까지 떨리게 만든다, 여기 트르노폴례
캠프에만 삼천이 있고, 사라예보에 수만 명, 보스니아 전체
엔 또 얼마나 되는지, 차라리 드리나 강에 목숨을 날리는
게 낫겠어, 유럽 연합도 미국도 귀를 막고 있는데, 국경조
차 흐릿한 여기, 오로지 수용소 철망만이 우리 목을 걸어
놓을 마지막 제단이던가, 사내의 죽창 같은 팔다리가 후들
거린다, 이 낮과 밤이 다시는 내게 돌아오지 않으리라, 이
승 담벼락 아래 활짝 핀 해바라기, 알라의 뜻으로 내 주검
을 덮어 주면 좋겠다, 아니, 무덤도, 용서도, 살아남은 자의

사치 아닌가, 부디 세르비아에게, 용서를, 부디 우리 이슬람
에게, 구원을

새들의 노래

1

제파의 무슬림에게 블라디치 장군이 말했다.

"알라도, 미국도, 그 누구도, 그 무엇도, 너희들을 도와줄 수 없다, 이제는, 내가 너희들의 신이다."

보스니아 북부 첼리나츠 시에서는 '특별 명령'을 내렸다.

"오후 4시부터 새벽 6시까지 통행금지, 그리고 다음 사항을 금한다: 공공장소에서의 만남/ 강에서 수영하는 것/ 사냥과 낚시/ 다른 도시로 이주/ 무기 소지/ 차량 운전 및 여행/ 세 명 이상의 집회/ 친척과의 연락/ 우체국 전화 이외의 통신 수단/ 군·경찰의 제복 착용/ 부동산 거래"

약탈자들은 인종 청소를 위해서는 살인으로 충분하지 않다고 여겼다. 그래서 아버지 머리에 총을 겨눈 채, 자식을 거세시키고, 딸을 성폭행하도록 시켰다. 또 임신할 수 있는 젊은 여성을 강간해 종족을 개량하거나, 이슬람의 율법에 따라 스스로 목숨을 끊도록 했다.

2

그리고…… 3년 6개월이 흐른 뒤

사망자 20만 명, 부상자 15만 명, 집단 수용소 15만 6000명,
장애·불구자 1만 2000명, 여성 강간 3만 8000명, 난민 200만
명, …… 그리고

3

#1 (알바니아, 모리나 국경 지대)
한 가족이 마차를 끌고 국경을 넘고 있다
하얀 히잡을 쓴 노인은 짐에 기댄 채 눈을 감고 있다
일곱 살 소녀는 운 좋게 세르비아 민병대 완장이 새겨진
크고 낡은 옷을 주워 입었다
남자들은 마차를 밀며 걸어간다
앞에서 흰 갈기를 날리며 숨을 헐떡이는 말이 말없이
한 가족을 이끌고 있다
이들은 행복하다, 살아남았다
이들은 고통스럽다, 이제 갈 곳이 없다

#2 (마케도니아, 브자르다 난민촌)

저녁연기가 피어오른다

열을 맞추어 쳐 놓은 텐트 사이로 사람들이 무리를 지어 이야기를 나누고 있다

밥 짓는 냄새가 난민촌에 저녁이 왔음을 알린다

누군가 술에 취해 소리를 지르고 소란은 쉬 가라앉지 않는다

전쟁놀이에 정신이 팔린 두 아이가 막대기 총을 들고 언덕을 뛰어간다

한 아이가 입으로 탕탕 소리치며 뒤쫓으면, 한 아이가 악악 소리치며 도망간다

아직 전쟁은 끝나지 않았다

#3 (마케도니아, 라두사 난민촌)

텐트가 바람에 펄럭인다

난민촌에 칠흑 같은 적막이 찾아왔다

밀랍 같은 안개가 깔린다

한 노파가 목 놓아 울고 있다

해진 모직 외투와 땡땡이 치마를 입고 얼룩 고무신을 신

고 있다

　온몸의 주름에서 울음소리가 새어 나온다

　먼저 죽은 이들이 하늘에서 새처럼 따라 운다

다리 위에서 중얼거리다

 귀향, 그래, 돌아간다, 스물네 해 전 넘은 다리를, 다시 돌아간다, 아라하의 올리브 나무와, 이제는 돌아가신 할머니 무덤으로, 나와 비슷한 말씨를 쓰는 사람들 곁으로, 이제 간다, 푸른 것은 푸른 것이고, 흰 것은 흰 것이라고 말할 수 있는 사람들 틈으로, 내가 누구인지, 항상 이름 앞에 붙어 있던 '망명자'의 명함이 지워지는 곳으로, 돌아간다, 스무 살 청년 머리엔 어느덧 서리 날리는데, 석류 열매를 따 먹던 새들도 이젠 날 알아보지 못할 텐데, 그래도 돌아간다, 어쩌면 아라하에만 머물라는 명령을 받을지, 비에 젖은 병아리처럼 먹이를 찾지 못해 후회할지도 모른다,

 처음부터 잘못되었던 건 아닐까, 돌아간다고? 다 바뀌었는데, 어디로 간다는 말인가, 떠났던 기억도 아득하고, 유태인 불도저에 깔린 아픔도 무뎌지고, 팔레스타인을 원형감옥으로 만드는, 마하심이라 부르는 장벽을 보고도 놀라지 않아, 이스라엘 화폐 세겔에도 익숙하지, 나, 자카리아 무함마드가 녹색 신분증을 들고, 빈둥거리는 이스라엘 군인의 발끝 신호를 무던히 기다리는 것에도, 내가 견딘 날들이 어디에선가 흰 뿌리를 내리고 있겠지, 그러니, 변화를

거부할 수는 없다, 나는 기억 속으로 돌아가는 게 아냐, 지금은 인티파다가 끝난 직후, 기다리자, 기다리자, 20여 년을 기다렸는데 두세 시간쯤이야, 이 다리만 건너면, 나는 간다, 조국 팔레스타인으로,

한 젊은이가 군인에게 물어보려고 차에서 나갔지, 그것 밖에, 총은커녕 먹살 잡을 용기도 없는데, 그냥 공손히, 언제쯤 통과할 수 있을까요, 물어보고 싶었을 뿐, 아, 그건 정말, 실수였어, 머리에 피도 안 마른 군인께서 화가 나셨네, 그는 남자에게 총을 겨눈 채, 차로 돌아가, 명령, 젊은이가 차를 타자, 다시 내려, 다시 내리자 몸수색, 신분증 검사, 그리고 차 안을 보고, 너, 너, 너, 내려, 명령한다, 다른 승객들은 내리고 나만 남았다, 흰 머리카락이 나를 살렸어, 머리 흰 중늙은이는 테러범도 스파이도 될 수 없어, 늙고 힘없는 팔레스타인만이, 무사히, 돌아간다,

비바람이 세차게 검문소 창을 때린다, 처음 문을 열었던 검은 머리의 사내는, 결국, 돌아오지 않는다, 우리는 기다리지 않고, 다리를 지나, 계곡을 내려간다

레퀴엠

여보, 날 위해 울지 말아요
당신과 우리 아이 레일라를 얼마나 보고 싶은지
내가 밤새 속삭였는데 물론 당신 귀엔 들리지 않았겠죠
기억해요? 우리가 나불루스로 가던 버스에서
남몰래 손잡았던 일
그리고 다음 해 봄 올리브 꽃이 흐드러졌을 때
새들 울음소리 들으며 첫 키스를 했던 일
딸이 태어나던 날 당신이 했던 말
기억해요? 눈은 날 닮고 코는 당신 닮았다고
그렇게 세상 전부가 우리 것 같았는데
절대 당신이 알지 못했던 게 있었죠
아니, 당신도 너무나 당연히, 그래서 우리를 감싼 검은
공기처럼
우리가 점점 팔레스타인의 숙명에 익숙해지고
우리 삶이 감옥이 되어 갔다는 것
어쩌면, 그래요, 어쩌면 당신은 나를
당신과 다섯 살 아이를 이승에 두고 먼저 간 나를 원망
할지도
당신은 내가 세상 전부라 말했지만

죄 없이 죽어 간 동생과 어머니를 통해 내가 바라본 세
상은
가자 지구를 넘어, 이집트와 지중해 국경을 넘어
생명이 있는 것들이 모두 폭탄이 되는 곳, 세상 저편까지
선택의 여지가 없었어요
나는 죽는 것이 두렵지 않았어요
이미 그때 내 삶은 죽음과 손잡고 있었으니까
그리운 당신
내가 자폭했던 분수대 주변을 샅샅이 뒤졌지만
그들은 이스라엘군 수십 구의 찢어진 살점만 확인했을 뿐
몰래 가르쳐 드릴게요, 당신이 준 반지
분수대 왼쪽 배수구 밑에 떨어져 있어요
아무도 못 찾았는데, 세월 지나 세상이 좀 가라앉거든
그 반지를 우리 레일라에게 전해 주세요
엄마를 기억하라고, 슬픔이 희망으로 바뀌길 염원하며
나 때문에 당신, 직장에서도 쫓겨나고 얼굴도 해쓱해졌
군요
다시 착하고 예쁜 여자 만날 거예요
미안해요, 여보

칸다하르

아프간은 아직도 많이 아프다
'영원한 자유'는 결국 오지 않았다
붉은 피가 양귀비 꽃대를 스쳐 온 산과 들을 적시고
살아남은 자들은 내일의 죽음을 준비한다

테러 566건
자살 폭탄 테러 160건
목숨을 허공에 뿌린 사람 연간 8000여 명,
미국은 7년간 전쟁 비용 125조 원을 쏟아부었는데도
거기엔 화약 먼지와 썩은 시체만 남았다
텅 비었다

미국은 탈레반의 자금줄인 양귀비 재배를 근절하기 위해 칸다하르 지역에 화학 약품을 대량으로 공중 살포할 것을 검토하고 있습니다. '아프간의 자유를 향한 길'에 더 많은 지원이 필요하기에 해병대 3200명도 추가 파병할 계획입니다.

유럽 연합의 여러 나라들은 이 제안에 시큰둥합니다. 양귀비 제거는 성공할지 모르지만, 심각한 부작용을 낳을 것이고 국제 여론도 등을 돌릴 것입니다. 아프간 정부군도 양 귀비가 없어지면 농민들마저 탈레반에 가세할까 두려워하고 있습니다.

붉은 꽃잎 하나 질 때마다
마른 울음이 칸다하르의 저녁을 두 겹씩 덮는다
아편처럼 검어진다

광주─안디잔

1980[2005]년 5월, 마침내 불꽃이 타올랐다. 대한민국[우즈베키스탄] 남쪽[동쪽], 광주[안디잔]의 봄은 참혹했다. 총성이 울리자 금남로[바부르 광장]에 모여 있던 시민들은 공수 부대[특수 부대]를 피해 흩어졌다. 총알을 맞고 넘어졌다 다시 대검에 찔리기도 했다. 무기를 든 시민군들이 주먹밥[호밀 빵]을 먹으며 버텨 보려 애썼다. 하지만 군부[독재 정권]는 민주화 요구가 확대될 것을 두려워해 무자비한 진압을 결정했다. 결국 피비린내가 휩쓸고 지나갔다. 상황은 끝났다. 전두환 계엄 사령관[카리모프 대통령]은 일부 극렬 용공 폭도[이슬람 근본주의자]들이 국가 전복을 기도했으나 진압되었고, 이 과정에서 약간의 사상자가 발생했다고 발표했다. 민간인 피해는 전혀 없다고 덧붙였다.

보유(補遺):

안디잔 학살 당시 노무현은 카리모프를 만나고 있었다

샴페인을 마시며 자원 외교의 성공을 기념하는 사진을 찍었다

안디잔 학살 4주년이 되던 날 이명박은 카리모프를 만나고 있다

샴페인을 마시며 자원 외교의 성공과 개인적 친분을 과
시하는 사진을 찍었다
죽음과 혁명에 대해서는 약속처럼
침묵했다

난민촌에서 온 편지

오늘은 반가운 비가 옵니다
1년 만에 내리는 비가 먼저 하늘을 곱게 씻어 내고
찢어진 막사 구멍에 실비를 뿌립니다
피난 오기 전 다친 이마가 덧날까 두렵지만
언덕에 작은 이랑을 흐르는 물줄기가 싱그럽습니다
삭은 옷가지들 때 절은 모포들
저녁에 햇살 나면 빨아 널 수 있을지
비 긋고 나면 내일모레쯤
다시 고향으로 돌아간다 사람들은 웅성웅성 말들 하던데
우리 갈 곳이 어딘지 모르겠습니다
국경 너머
아직 소식 어둡습니다
어두운 비가 내리고 있습니다
텐트 입구에 거꾸로 꽂아 세운 마체테 칼날에도
빗물이 흘러내립니다
후투의 피와 투치의 피가 하나로 뒤섞여
땅에 스밉니다
붉게 젖어 듭니다

사막에서의 아침 식사

새벽 어스름이 걷히고 바람도 멈춘다
밤새 날린 모래를 털어 내고
천막 앞에 돌멩이 세 개를 놓고 장작불을 지핀다
아이쉬를 만들기 위해 냄비를 올리고
물을 한 바가지 붓는다
어제저녁도 아이쉬, 그저께도 아이쉬, 한 달 전에도 아
이쉬
지미야 가족에겐 다른 선택이 없다
다르푸르에 있던 고향을 떠나
이곳 차드 난민촌에 도착한 수만 명이 다 그렇다

물이 끓자 작은 자루에서 당밀을 한 줌 꺼내
냄비에 넣고 막대기로 젓는다
남편은 2003년 고향에서 죽었다
낙타를 탄 잔자위드가 새벽 이맘때쯤 마을에 들이닥쳐
울타리와 지붕에 불을 질렀다
잠에서 깨어 겨우 도망치는 사람들에겐 총을 쏘았다
여자들은 강간한 다음 나무에 매달아 죽였다
그리고 헬기가 날아와 한바탕 쓸고 가자 마을엔 폐허조

차 남지 않았다
  물이 졸아들고 걸쭉해진 당밀을
  식용유를 두른 사발에 붓고 평평해지도록 돌려 가며 눌
러 준다

  이번엔 국을 끓여야지
  물 한 바가지에 말린 토마토 한 줌, 소금을 약간 쳐 끓인다
  이런 재료는 모두 옥스팜 같은 구호 기관에서 온다
  한 달에 두 번 우리 구역 대표가 마차에 배급을 받아 와
  서른 가구에 사람 수대로 나눠 준다
  지미야네 가족은 난민으로 등록되어
  천막, 담요, 양동이, 비누를 받았으니 참 다행이다
  외곽에는 매일 수백 명씩 새로 밀려온 사람들이 굶고 있다
  드디어 오크라 국이 완성되었다

  말리지 않은 생양고기 한 점만 넣으면 얼마나 좋을까
  여기선 꿈도 꾸기 어려운 얘기
  고향엔 젖소도 있었고 커다란 망고 나무도 있어서
  먹고 남은 과일과 채소를 내다 팔곤 했다

넉넉하진 않아도 아이들 학비를 위해 돈도 조금 모았다
오늘 아침 식사 한 끼에 들어간 비용을 다 계산하면
어림잡아 50원쯤 될까

한줄기 새벽바람이 다시 흙먼지를 말아 올린다
지미야는 다섯 아이를 깨운다
막내가 제일 먼저 일어나 엄마 곁으로 다가온다
지금은 라마단 기간이라 해 뜨기 전에 밥을 먹어야 한다
그리곤 해 질 때까지 기다려야 한다
온 식구가 텐트 앞에 둘러앉아 아침을 먹는다
모두 말이 없다
붉은 아침 해가 지평선에 막 떠오른다

그때 나는 뭘 했을까

　미사일이 터진 가자 지구 폐허에도 여전히 고물 자동차
가 붕붕 다니고
　탱크가 짓밟은 체첸 뒷골목에서도 아이들은 탕탕 총싸
움 놀이로 뛰어다니고
　폭격기가 쓸고 간 코소보의 무너진 아파트에서도 늙은
여인이 터벅터벅 물 길러 나오고

　그런데…… 그런데……

　여긴 아무것도 없다
　나뭇가지로 엮었던 지붕은 불타 재만 날리고
　앙상한 흙벽은 알몸을 드러냈다
　뜨거운 햇살 한 줄기가 상처를 핥으며 지나갔다
　새도 울지 않았다
　포아풀도 몸을 낮추고 시들었다
　시간도 멈췄다
　다르푸르
　사막 한가운데

두꺼운 정적만이 한때 단단했던 모래를 잘게 부수며

오래 기다리고 있다

911, 그리고

민간인 사망 비율

1차 대전 — 10%

2차 대전 — 60%

아프간/이라크 전쟁 — 90%

숫자에도 입이 있다

2001년 9월 뉴욕의 쌍둥이 빌딩과 함께 미국인 3000명이 죽었다. 미국 정부는 즉각 보복에 나섰다. 그해 말부터 시작된 아프간 전쟁에서 5개월 만에 민간인 3500명을 죽였다. 이후 5년간 작전명 '영원한 자유'로 10만 명을 더 죽였다. 불똥은 이라크로 번졌다. '충격과 공포'로 50만을 더 죽였다. 난민 400만 명이 집을 잃고 사막을 헤맸다. 미국의 시작은 미미하였으나 그 끝은 창대하였다. 빈 라덴은 아직도 오리무중이고, 찾던 화학 무기는 발견되지 않았다.*

공식 발표들

민간인 피해는 불가피합니다…… 우리는 그 보도를 확인해 줄 수 없습니다…… 그 무기가 우리 것이라는 증거가 없습니다…… 그건 단순한 사고였습니다…… 부정확한 좌

표가 입력되었습니다…… 그들은 우리의 타격 목표물 주변에 의도적으로 민간인을 배치하고 있습니다…… 그곳은 정당한 군사 목표물이었습니다…… 그런 일은 일어나지 않았습니다…… 민간인 사상자에 대해 유감을 표합니다……

연습 문제

1. 미국은 탈레반 정권을 무너뜨릴 수 있을까? ── 80%

2. 미국은 오사마 빈 라덴을 잡을 수 있을까? ── 50%

3. 미국은 아프간/이라크를 민주화할 수 있을까? ── 30%

4. 미국은 9·11 테러의 재발을 막을 수 있을까? ── 0%

* 이 시는 오사마 빈 라덴이 사망하기 전인 2009년에 쓰였다.

말보로맨

팔루자의 밤은 길었다
나 여기 있으니 올 테면 와라, 총알아
담배가 피우고 싶어 미치겠다
차라리 광부가 될걸
파편은 다행히 어깨를 스쳐 지나 흙벽에 구멍을 냈다
화약 냄새가 가시고 새벽이 오자
죽은 듯 고요했던 마을 저쪽에서 개가 짖기 시작했다
아침 햇살이 종족(피)보다 뜨거웠다
살아남은 것이다
그래서 슬픈 것이다

註1) 제목 '말보로맨'은 'Marlboro Marine'이 정확한 표기
다. 처음(2004.11.10) 《로스앤젤레스타임스》의 루이스
신코 기자가 미군 병사 제임스 블레이크 밀러의 모습을
찍어 내보낸 기사에서 'Marlboro Marine'이라는 이름
을 붙였기 때문이다. 그러나 사람들은 이를 말보로맨으
로 부르기 시작했고, 블레이크는 곧 이라크 전쟁을 상
징하는 인물이 되었다. 말보로맨이란 원래 말보로 담배

광고에 나오는 모델, 즉 야성적인 몸매를 과시하며 입에 말보로 담배를 물고 있는 남자를 뜻한다. 이 짧은 시는('시'라고 하기엔 부족하지만, 하여튼 그는 '시'라고 주장했다.) 그가 미국으로 돌아온 뒤 치료를 받는 과정에서 문답 형식으로 의사에게 제출한 글 중의 하나다.

註2) 1행, "팔루자의 밤은……" 블레이크가 근무한 지역은 이라크 교전의 중심지인 팔루자였다. 미국은 전쟁 5년 동안 해병대를 포함한 연인원 100만 명을 투입했지만 전쟁은 끝이 보이지 않았다. 노벨 경제학상 수상자인 스티글리츠 교수는 '3조 달러의 전쟁'이라 불렀고, 사망한 미군 병사의 수가 5000명을 넘었다. 이라크 측 피해에 대한 정확한 통계는 없지만, 사망자가 10만 명, 난민이 450만 명 이상 발생했다. 블레이크가 묘사하고 있는 '밤'은 그가 팔루자의 한 마을을 습격하여 소위 '테러분자'들을 색출하려 오히려 매복 공격을 당하고, 어느 지붕 위에 숨어 하룻밤을 보냈던 밤을 가리킨다. 그날 동료 열다섯 명이 희생되었다.

註3) 2행, "나 여기 있으니……" 이 부분은 브라이언 터너의 시 "Here, Bullet"을 표절한 것이 틀림없다. 터너도

이라크에서의 경험을 살려 매우 강렬하고 인상적인 시를 썼다. 원작은 다음과 같다. "몸을 원한다면 여기 내가 있다./ 뼈와 연골과 살이 있다./ 소망이 잠긴 쇄골과/ 대동맥의 열린 밸브,/ 시냅스 사이를 뛰어다니는 생각들이 있다./ (중략) / 내 몸 속에 있는 라이플을 찾아/ 폭발적인 혀의 방아쇠를 당기는/ 이곳이 바로 내가 신음하는 차가운 배럴의 식도/ 나선형으로 돌며 비틀릴 때마다 점점 깊이/ 파고드는 총알아, 이곳이 언제나 세상이/ 끝나는 바로 그곳이다."

註4) 3행, "담배가 피우고……" 블레이크는 지독한 애연가였다. 팔루자에 근무할 당시엔 하루에 일곱 갑을 피웠다. 기자가 사진을 찍었을 때는 막 해가 솟아오르고 그가 살았다는 안도의 느낌을 받으며 담배를 문 순간이었다. 어쩌면 그 순간, 그의 정신세계가 무너져 내린 것은 아닐까. 그는 사진이 찍힌 줄도 몰랐다고 회상했다. 나중에 소대장이 "네 얼굴이 신문에 대문짝만 하게 나왔더라."라고 일러 줘서 알게 됐다. 말보로맨으로 유명해지고 나서 부시 대통령이 시거 한 갑을 선물로 보내기도 했다. 귀국 후 치료를 받으면서 그는 아내의 잔소리

덕분에 담배를 한 갑으로 줄였다. 소문에 의하면 말보로 회사에서 그에게 평생 담배를 제공하겠다는 약속과 함께 광고 출연을 제의했지만, 그는 "신성한 임무를 수행했을 뿐, 담배 광고엔 관심 없다."라고 답했다고 한다.

註5) 4행, "차라리 광부가……" 그의 꿈은 원래 고등학교를 졸업한 뒤 광부가 되는 것이었다.

註6) 5~7행, "파편은 다행히……" 블레이크는 '다행히'라는 단어에 밑줄을 그어 강조했다. 그리고 그 옆에 연필로 'Fuck!'이라고 낙서했다. '노엄, 하워드, 사만다'라는 이름도 써 놓았는데, 이는 그와 함께 수색 작전을 펴다 죽은 동료의 이름인 것으로 밝혀졌다. 그는 정말 힘든 전투에서 자신이 살아남은 것을 '다행'으로 여기고 있을까? 그 일을 겪은 후 그는 PTSD(외상후 스트레스 장애: post-traumatic stress disorder) 판정을 받고 귀국하여 지금까지 계속 치료를 받고 있다. 잠을 거의 자지 못하고, 위장 장애로 식사를 잘 못하며, 악몽과 환청에 시달리고, 신경질을 잘 내고, 때로는 아무런 이유도 없이 가까운 사람들을 죽이고 싶은 충동에 사로잡히곤 한다. "이러다 내가 아내를 해치면 어쩌죠. 한때는 미래를

향한 문이 내게 활짝 열린 듯했는데, 지금은 모두 닫혀 버렸어요."

註7) 8행, "아침 햇살이……" 이 부분은 논란의 소지가 있다. 그는 분명히 "The morning sunray was hotter than the brood"라고 썼다. 'the brood(종족)'는 'the blood(피)'의 오기인 것으로 보이지만, 그가 일부러 그렇게 썼을 수도 있다. '종족'은 그와 함께 동고동락했던, 그러다가 적의 총알에 쓰러진 '동료'를 가리키는 말이 아닐까. 아니면 이라크인과 미국인을 다른 '종족'으로 인식하고 '신성한 임무'를 수행하고 있다는 자부심을 은연중 드러낸 것이 아닐까. 하지만 (그의 진술에 의하면) 그날 팔루자의 아침 햇살은 실제로 살을 째듯 뜨거웠다고 한다. 따라서 이 부분은 온몸에 묻은 핏자국이 아침 햇살에 검붉게 반사되는 모습을 그렸다고 보는 것이 더 타당하다. 냉정함을 잃고 탈진한 그 순간에 그가 무슨 생각을 떠올렸는지는 하느님만이 알 것이다. 나는 어차피 당사자가 아니고, 의사의 입장에서 그저 분석하고 가정할 뿐이다.

註8) 9~10행, "살아남은……" 그는 지금 고향 파인빌에서

아내와 함께 매달 2520달러의 군인 장애 연금을 받으며 살고 있다. 그러나 그는 살아남은 것이 "슬프다"고 말한다. "우린 좋은 일도 했어요. 하지만 도대체 어떤 좋은 일을 한 거죠? 미국이 이 수많은 죽음 외에 무얼 얻었죠? 정말 견딜 수가 없어요." 그는 이라크에 배치된 직후, 소속 부대 구호였던 '죽음의 전사'라는 구절을 팔뚝에 새겼다. 그 문신은 죽을 때까지 악령처럼 블레이크를 따라다닐 것이다.

바그다드 애절양

내가 일찍이 다산을 좇아 세상을 주유할 적에
하루는 노전 마을 지나 바그다드에 이르게 되었다
나이를 가늠키 어려운 아낙이 통곡하며 울부짖는 소리
일전에 폭탄 테러로 사원이 무너져 아직도 파편이 튀는데
아무도 치우는 자 없고 토담에 핏자국이 선연하다
아낙이 흙벽을 붙잡고 하늘을 향해 울부짖길
전쟁터에 간 지아비가 못 돌아오는 수는 있어도
남자 거시기를 잘렸다는 얘기는 들어 본 적 없소
시아버지는 스무 해 전 첫 난리에 죽고
갓 돌을 넘긴 아이는 미군 폭격에 깔려 시체도 못 찾고
집안에 겨우 남편만 살아남아 이승을 저승처럼 살아왔
는데
이놈의 전쟁이 원수지 누굴 탓하겠소
수니파 남편이 무장 단체에 끌려갔다 초주검 되어 풀려
난 뒤
라시드 지역 사람들 모두 떠나라 협박을 받았잖소
나는 시아파니까 괜찮겠지 했던 게 문제라오
남편은 집에서 꼼짝도 못하지 입에 풀칠은 해야겠기에
혼자 친정집에 밀가루라도 좀 얻으러 길을 나섰다오

길을 걸어가는데 갑자기 작은 트럭이 옆에 멈추더니
무장을 한 두 남자가 나를 강제로 차에 태웠지
눈을 가린 채 끌려갈 때 나는 시아파라고 소리쳤지만
다 소용 없는 일, 알라도 내 말을 듣지 못했는지
다음 사흘간 겪은 일을 내 입으로 다시 말하기 싫소
첫날은 음식도 주지 않고 무조건 두들겨 패고
이튿날은 세 남자가 돌아가며 나를 강간했소
사흘째 다시 눈을 가리고 낯선 거리에 풀어 주었는데
세상이 더럽고 하늘이 노랗더군
그런데 집에 돌아오자마자 남편이 다시 나를
이 화냥년아 어딜 싸돌아다니다 이제 기어들어 오냐
내가 반병신 됐다고 벌써 서방질이냐 어디 죽어라
이년 죽어라 마구 발길질에 미쳐 날뛰더랬소
남편에게 내가 어떤 일을 당했는지 알리고 싶어
나는 목숨을 걸고 경찰에 신고를 했소
며칠 후 어떤 여자가 집에 오더니 경찰에 신고한 걸
'그들'이 다 알고 있다고 단단히 각오하라고
난 너무나 두려웠소 보복이 두려웠소
남편에게 도망가자고 바그다드를 떠나자고

시리아면 어떻고 레바논이면 어떻소
부모도 잃고 자식도 잃어 피난이 단출해졌으니
이 세상인들 저 세상인들 어딘들 못 가겠소
부모 자식 다 전쟁에 바친 것만도 한스러운데
이제 우리 갈 곳이 어디란 말이요
세상은 어찌 이리 야박하게 돌아가는지
남편이 원래 그런 사람이 아니었는데
인물 훤하고 인근 10리에 이런 선비 없다 했는데
남편은 이런 불상사가 다 네년 때문이다
온갖 구타와 욕설을 일삼더니 드디어
나를 발가벗겨 묶어 놓고 내 아랫도리에
소금을 집어넣었소, 두 번 혼절했다 정신을 차리니
남편은 제 풀에 죽어 잠들었고
옆에 가위가 눈에 띕디다 어차피 세상은 끝났고
불깐 말 불깐 돼지 그도 서럽다 할 것이지만
우리 같은 생민들이 바랄 게 더 뭐 있겠소
미군 폭격에 죽어도 좋고 이라크 반군 총알에 죽어도 좋고
시아파 놈들에 죽어도 좋고 수니파 새끼들에게 죽어도
좋고

알라의 저주에 내 운명을 팽개쳐 두어도 좋고
똑같은 인간인데 왜 이리 차별이 유별할까
아낙의 울음소리 귀에 쟁쟁한데
내 객창에 앉아 무거운 시구 편을 외워 본다

3부

알리샤 vs 알렌카

알리샤(51세, 남아공 리우) 남편은 은행가, 아들은 영국으로 유학 갔고, 딸은 명문 사립 학교 기숙사에 있다. 알리샤 부부에겐 가족이 많다. 집사, 요리사, 하녀, 관리인, 경비원 등 열일곱 명, 개 스물, 고양이 열, 말 둘, 사슴 일곱 마리가 같이 산다. 숲 속 깊이 들어앉은 집에는 아무도 접근할 수 없다. 초소 네 곳에선 M16으로 무장한 경비가 지키고 있고, 열 감지기와 CCTV가 24시간 돌아간다. 멀리 인기척이라도 나면 밤새워 개들이 컹컹 짖는다.

가끔 알리샤는 요새를 벗어나 사람들 틈에 끼고 싶을 때가 있다. 집사와 하녀의 틀에 박힌 답변과 개 고양이의 낑낑거리는 소리가 지겨워질 때가 있다. 심심해 미칠 것 같은 때가 있다. 먼지 펄펄 날리는, 양고기 굽는 냄새가 진동하는, 오토바이가 무례하게 빽빽거리며 위협하는 시장 바닥이 그리울 때가 있다. 그러면 그녀는 먼저 변장을 해야 한다. 금귀고리와 금팔찌, 보석 같은 것을 풀어 놓고, 늙은 하녀처럼 보이도록 무명옷을 걸친다. 발에는 샌들, 어깨엔 망태기를 걸치고, 주머니엔 강도를 만났을 때 쥐어 줄 약간의 돈을 넣는다.

가난한 사람들 사이에 끼어 있을 때, 그때 알리샤는 조금

흥분이 된다. 자신이 평범한 사람이 된 것 같아 행복하다. 너무 행복해 몇 번 눈물을 찔끔거린 적도 있다.

알렌카(15세, 영국 런던) 원래 고향은 루마니아 티미쇼아라. 3년 전 여름, 무작정 집을 나와 유고의 베세리카알바로 갔다. 처음 한 일은 암시장에서 담배 파는 일, 벌이가 쏠쏠했다. 어느 토요일 밤, '오빠'들에게 납치되어 몬테네그로의 호텔로 끌려왔고, 처음 폭행을 당했다. 두려움에 몸이 떨렸지만 엄마 생각이 나지는 않았다. 더럽고 가난한 집으로 돌아가고 싶지 않았다. 차라리 '오빠'들을 따라 '이 길'로 들어서는 게 나을 것 같았다.

수없이 팔려 다녔다. 알바니아, 루마니아, 세르비아, 몬테네그로, 그리고 거기서 만난 베라 덕분에 위조 여권을 얻어 영국으로 들어왔다. 수많은 남자들이 알렌카의 몸을 스쳐 갔다. 시큼한 땀내의 벌목꾼, 털북숭이 술집 주인, 불가리 향수를 풍기던 은행 직원, 성병을 옮겨 준 대학생, 잠깐 사랑에 빠졌던 멋진 로미오, 아, 그 좆같은 새끼가 날 데려간다 했는데. 사내새끼들은 그녀 몸에 벌레 같은 구멍을 남기고 바람처럼 흔적 없이 사라졌다. 화대는 모두 '오빠'들에게 바쳤다. 몇 푼씩 얻은 돈으로 화장품을 사고, 올핸 중국제 짝퉁 가방도 샀다.

짝퉁 버버리 핸드백을 들고 대낮에 소호 거리를 걸으면 그녀는 눈물이 난다. 찢어진 육신과 갈수록 불어나는 빚 때문이 아니다. 이때만큼은 그녀도 부자인 듯, 현기증이 날 뿐이다.

오늘도 무사히

상파울루 빈민촌 골목
수십 명 노동자들이 일을 마치고 돌아오고 있다
저녁 어스름이 깊어진다
낡은 양철 지붕과 합판을 기댄 벽 사이로 불빛이 새어
나와
더러운 도랑물을 구불구불 비춘다
개들이 허기를 달래려고 컹컹 짖는다
공터 한쪽에서 행상들이
붉은 당근, 노란 양파, 얼룩 양배추를 팔고 있다

루이자는 두 아이를 데리고 구경을 하고 있다
그때 여섯 살 된 작은애가 먼저 남편을 보고 뛰어간다
시멘트 가루를 뒤집어 쓴 채
남편의 찢어진 옷자락이 펄럭인다
연장이 든 비닐 포대와 도시락 가방을 내려놓고
딸을 향해 두 팔을 활짝 벌린다
작은애는 아빠 어깨 위로 올라타고
큰애는 아빠 손을 잡고 연장 꾸러미를 집어 든다

루이자는 이제야 안도의 한숨을 쉰다
오늘은 가족 모두 저녁을 먹을 수 있을 것이다
공사 현장에는 매일매일 사고도 많고
내일 또다시 남편에게 일거리가 있으리란 보장도 없지만
오늘은, 양배추와 당근을 살 수 있을 것이다
남편이 루이자에게 돈을 건넨다
집집마다 밝은 오렌지색 불빛과 회색 연기가 뒤섞여
요리 불꽃이 축복의 폭죽이 된다

루이자네 식구들은 무사히
내일을 향해 갈 수 있게 되었다

불의 아이들

#1 별밤

별이 빛나던 밤

노란 안개가 마을을 덮쳤어

나무는 몸을 비틀며 쪼그라들고

가지 틈에 잠들었던 새들은 낙엽처럼 떨어졌어

맵고 뜨거운 그 연기는

좁고 구불구불한 골목을 따라 빠르게 번졌어

빈민촌 판잣집 문틈으로 스며들어

선잠에 든 사람들

잠 깨기 전에 불을 삼킨 듯 쓰러졌어

어둠 속에는 유령만 남았어

#2 다국적 기업

1984년 12월 3일 밤. 인도 보팔 시에 있는 미국의 다국적 기업 유니언카바이드 농약 공장에서 치명적인 유독 가스 메틸이소시안염 40톤이 누출되었다. 이 사고로 하룻밤 사이에 주민 2000명이 사망하고 60만 명이 다쳤다. 이 중 5만 명은 영구 장애인이 되었다.

피해를 입은 시민들은 유니언카바이드를 상대로 30억 달러 피해 보상을 청구했다. 지루한 싸움 끝에 1989년, 4억 7천만 달러로 합의를 보았다. 형사 책임은 지지 않았다. 더구나 사고 후 유독 가스 폐기물을 치우지 않고 방치하면서 2차 피해가 계속되었고, 지금도 해결되지 않고 있다.

화학 물질이 드럼통에서 썩어 가고, 조금씩 녹아 땅으로 스며들거나, 몬순이 불 때마다 도시를 적셨다. 보팔은 유령 도시가 되어 갔다. 가난한 사람들도 함께 유령이 되어 갔다. 유니언카바이드를 인수한 다우케미컬은, 이 문제와 전혀 관련이 없다고 주장하고 있다.

#3 어린이들

아지아 – "12시 30분에 동생이 기침하는 소리에 잠을 깼어요. 가로등으로 창이 환했는데, 방에 뿌연 연기가 꽉 찬 게 보였어요. 그 순간, 뜨거운 불덩어리를 마신 듯, 숨을 쉴 수가 없었어요."

사미라 – "저는 형제가 모두 열 명인데, 둘은 그날 사고로 죽고, 둘은 이듬해 죽었어요. 넷이 죽고, 오빠 셋과 언니 둘만 살아남았어요."

아 딜 – 아딜은 사고 후에 태어났다. 사고 당시 엄마 배 속에 있다가 기형아로 태어났다. 다리가 고사리처럼 쪼그라들어 걸을 수가 없다. 손과 무릎으로 거북이처럼 기어다닌다.

아미르 – 아미르는 손가락이 뭉개졌다. 아직도 독극물이 널려 있는 철길 너머 습지대에서, 엄마에게 혼나면서도 친구들과 잘 논다. 바람이 불면 화공약품 가루가 흰 눈처럼 날려, 아이들 머리에 곱게 내려앉는다.

두 개의 누드가 있는 풍경

2005년 9월, 덴마크 신문 《일란츠포스텐》에 선지자 마호메트를 풍자한 12컷짜리 만화가 실렸다. (아무도 관심 없었지.) 예를 들면, 마호메트 눈이 범죄자 사진처럼 굵은 선으로 지워지고, 뒤에는 히잡을 쓴 두 여성이 서 있는(그저 그런).

그런데 석 달이나 지난 뒤, 덴마크에 살고 있던 이슬람 이맘 두 명이 느닷없이 이 만화를 들고 이집트로 건너갔다. (분명히 음모가 있어, 냄새가 나.) 본래 12컷이었던 만화에, 진짜 조잡하고 형편없는 (인쇄도 조악한) 그림 세 컷을 덧붙였다, 물론 출처는 숨기고. (당연히 사람들은 같은 신문에서 뽑은 줄 알았겠지.)

만화는 중동과 인도네시아로 복사 전파되었고, 온 이슬람이 끓어올랐다. 일부러 끼워 넣은 세 컷은 (한참 지나) 프랑스 어느 지방 축제의 돼지 울음 흉내 내기 대회에 나온 프랑스 사람을 풍자한 캐리커처임이 밝혀졌다. (눈이 멀면 앞이 안 보이는 법!) 그 그림에서 선지자 마호메트(처럼 보이기도 하네!)는 시커먼 고추를 (이것도 누드!) 보여 주고 있었다.

이듬해 3월, 파키스탄과 인도네시아의 시위대는 덴마크 국기를 불사르고(그걸 어디서 구했을까?) 덴마크 정부의 사과를 요구했다. (도대체 뭘 사과해?) 신문사 편집장 카스텐 유스테는, "매우 유감스럽지만, 이슬람을 모독할 의도가 전혀 없었으며, 만화는 표현의 자유일 뿐"이라고 발표했다. ('sorry'는 '미안'과 '유감'의 두 가지 뜻이 있지. 이것, 참!) 이어 노르웨이, 독일, 프랑스, 심지어 미국에서도(아, 영국은 빼고) 표현의 자유를 지지한다는 뜻으로 그 만화를 옮겨 실었다.

이슬람의 칼이 부르르 떨리고 분노의 폭탄이 터졌다. 유럽 각국의 대사관, 영사관이 폐쇄되고, 덴마크 상품 불매 운동이 전개되었다. (덴마크 기업 아리아사는 결국 망했어.) 파키스탄에서는 기독교 교회들이 불에 탔다. 리비아에서는 시위대가 이탈리아 영사관에 불을 질러 아홉 명이 죽었다.

파키스탄 지도자는 만화가 목에 100만 달러의 상금을 걸었다. (그러나 12컷 만화를 그린 사람이 한 명이 아니라 열두 명이라는 사실은 몰랐지. 나머지 세 컷은 상관도 없는데.)

나이지리아에서는 교회를 불태우고 기독교인이라면 보이는 대로 죽였다. 한 기독교인의 몸에는 타이어를 쑤셔 넣고 (어떻게?) 휘발유를 부은 다음 불을 질렀다. (시위대 사진에 보이는 구호들: '이슬람을 모욕한 자들을 죽여라.' '이슬람을 조롱한 자들을 토막 내라.')

그리고 그즈음…… 플랑드르 출신의 튀니지(오, 이슬람!) 작가는 자신이 직접 쓴 연극 「플랑드르 여인」 포스터에 성모 마리아(처럼 보이는, 라파엘로 그림을 연상시키는, 한 손에는 아기를, 다른 손에는 핏물 담긴 접시를 든.)를 그려 넣었다. 마리아의 하얀 젖가슴이 다 드러난(오, C컵도 더 되겠어.) 누드였다.

숲이 말한다

내 이름은 하와, 나이 17세,
수단 남부 니알라 근처에서 태어났어요.
우리 마을은 숲과 함께 불타 흔적도 사라졌지만
내가 키운 양과 말 들도 모두 잔자위드에 빼앗겼지만
거긴 아름다웠죠, 낙원이었죠.

그날 이후 모든 게 변했어요.
아저씨들은 짐작도 못할 거예요, 우리 눈물을.
찢어진 상처는 저절로 낫지만 가슴에 맺힌 분노는
카메라에 절대 찍히지 않을 거예요.
당신들은 백인이니까, 우리는 어차피 검은색이니까.

3년 전, 끌려간 바로 다음 날,
대장과 경호원이 나를 두 번 강간했어요.
난 너무 어려 섹스가 뭔지 몰랐고, 그냥 아프기만 했어요.
여자애들은 다 돌려 가며 당했는데
혹시 내가 에이즈에 걸린 건 아닌지, 두려워요.

반군들은 심심하면 우릴 아무 이유 없이 때렸어요.

한번 시작하면 몇 시간씩
마약에 취한 눈에서 시뻘건 불이 활활 타올랐죠.
소름 끼치게 추운 새벽에 갑자기 깨워
수십 킬로미터씩 무거운 짐을 맨몸으로 나르기도 했고요.

한번은 군인들이 아픈 애의 다리를 자르라고
내게 마체테를 주었어요.
내가 후들거리며 망설이자, 화를 내면서 나를 때리더니
다음엔 네 차례야, 죽여 버리겠어, 그러곤
시범을 보이겠다며 그 아이에게 칼을 휘둘렀어요.

우린 마약에 빠졌어요.
그러지 않으면 살 수가 없었으니까.
처음엔 그들이 우리 목을 칼로 째고 상처에 약을 넣었
어요.
머리가 빙빙 돌고 헛것이 눈앞에 왔다 갔다,
도망가고 싶은 마음도, 엄마 보고 싶은 마음도, 다 사라
져요.

작년엔 사흘이나 굶은 적이 있는데,

우리가 아사무크에 갔을 때

군인들이 물었어요, 너희 중 누가 잡아먹힐래?

농담인 줄 알았는데, 정말 열세 살 된 여자애를 죽여 목을 치고

요리를 했어요, 그리고 우리들에게 강제로 먹였어요.

나는 도망쳤어요.

눈에 안 띄게 숲 속을 밤에만 걸었는데

먹을 게 없어서 토마토 세 개로 열흘을 버텼어요.

몇 번인가 정신을 잃었을 때, 숲의 노래가 나를 깨운 것 같아요.

다행히 리라타운까지 살아 왔어요.

내가 할 말은 여기까지예요.

거긴 아직 우리 같은 어린 병사들이 수천 명이나 남아 있어요.

더 할 말 없어요.

카메라 좀 치워요.

껌이나 초콜릿 있으면 하나 주세요.

밍크코트 만드는 법

북미 대륙 대서양 연안에 '해변 밍크'가 살았다. 신대륙에 정착한 유럽인들은 그 작고 귀엽고 붉은 털은 가진 동물에 환장했다. 그들은 밍크를 잡아 옷을 만들거나 가죽을 수출해 큰돈을 벌었다. 결국 1880년대 '해변 밍크'는 멸종됐다. 자, 그러니 최고 품질의 밍크코트를 얻기는 이제 글렀다. 좋은 밍크코트 만드는 법, 그 차선책을 소개하겠다.

밍크 농장에 간다

녀석들이 쥐구멍 같은 통발 속에서 옴짝달싹 못한 채 사육되고 있을 것이다

2~3년생 털이 가장 예쁘다

가죽이 부드럽다

눈을 들여다보고 눈빛이 맑은 놈으로 골라낸다

가죽을 벗긴다

죽으면 가죽이 뻣뻣해지므로 살아 있을 때 벗긴다

먼저 머리를 잡고 땅에 패대기친다

좌로 다섯 번 우로 다섯 번 적당히 힘을 주어야 한다

밍크가 기절하면 정육점 고기처럼 산 채로 매달고 네 다리를 자른다

허공에서 부르르 떨 때 옷을 벗기듯 조금씩 두 손으로 가죽을 잡아당긴다

아주 죽지는 않게 살살 다룬다

허공에서 부르르 떨 때 옷을 벗기듯 조금씩 두 손으로
가죽을 잡아당긴다
아주 죽지는 않게 살살 다룬다
때로는 날렵하고 과감하게 털옷을 벗긴다
밍크가 붉은 몸통을 비틀며 경련을 일으킬 것이다
붉은 몸통이 마지막 저항의 숨을 쉴 것이다
붉은 몸통이 조용해질 것이다
이때쯤 담배를 한 개비 물어도 좋다

다음 밍크를 데려온다
요령은 같다, 밍크코트 한 벌을 만드는 데는 70마리가
필요하다
벗긴다 (담배를 피운다)
벗긴다 (담배를 피운다)
벗긴다 (담배를 피운다)

옷이 완성되면
당신은 당신의 가죽을 모두 벗고 밍크를 입는다
당신이 예쁜 밍크가 된다

바벨 제국 쇠망사

사랑했어요 그땐 몰랐지만,
이걸 크로마뇽 인들은 뭐라 말했을까
아름다운 죄 사랑 때문에 홀로 지샌 긴 밤이여,
이걸 수메르 인들은 어떻게 표현했을까

한때 지구에 짧게 살다 간 바벨족은 8000개도 넘는 언어를 썼다. 대부분 언제 시작됐고 언제 사라졌는지 알지 못한다. 기록이 없기 때문이다. 특히 20세기 이후 제국주의가 팽창하면서, 거대 언어 몇 개만 남고, 나머지 99퍼센트가 급속히 사라졌다.

라틴어는 14세기 이후 글자로만 남았다
르로이센어는 17세기에, 코이코이어는 19세기에 죽었다
호마어는 1975년, 야마니어는 1978년, 아이누어는 1980년에 죽었다
우비크어는 1984년, 카라와어는 2016년, 바스크어는 2050년에 죽었다
이 목록은 끝이 없다

아시아 전체에서 1900여 개의 언어가 죽었다

아프리카에서 1800여 개, 태평양 지역에서는 1200여 개
가 죽었다

아메리카 남북 대륙에서 1000여 개, 호주에서만 260여
개가 죽었다

그리고 소수 언어가 사라지자 거대 언어들도 시들시들해
졌다

이 엄청난 언어의 공동묘지에는 아직도 비문들이 남아
있다

[한국어] 당신을 사랑해요 — 2310년 멸종

[일본어] 아이시떼루 — 2397년 멸종

[터키어] 세니 세비요룸 — 2488년 멸종

[독일어] 이히 리베 디히 — 2643년 멸종

[아프리칸스어] 에크 이스 리프 비어 요우 — 2703년 멸종

[슬라브어] 야 바스 류블류 — 2770년 멸종

[아랍어] 우히부카 — 2862년 멸종

[서반어] 떼 아모 — 2977년 멸종

[중국어] 워 아이 니 — 3086년 멸종

[영어] 아이 러브 유 ── 3114년 멸종

바벨족은 '사랑'이란 단어를 무수히 남발했다. 하지만 쓰임이 제멋대로여서, 그것으로는 바벨족의 절멸 원인을 밝힐 수 없다고, 우리는 결론을 내렸다.

햄스터 주스, 드실래요?

주문하실까요?

메뉴는 고르셨어요?

초콜릿 고슴도치도 좋고

블랙탄저빌도 우리 집이 최고지만

요즘은 손님들이 역시 햄스터 주스를 많이 찾네요.

맛이 깔끔하고 완전 웰빙이거든요.

털이 깨끗한 하얀 놈으로 골라서

지하 200미터 암반수로 두 번씩 씻죠.

아, 이건 우리 카페 비밀인데요,

이빨과 발톱은 따로 모아 이틀간 푹 고아서

특별 소스를 만들죠.

손님께서 마음에 드는 놈을 고르시면

눈으로 직접 보는 가운데 믹서로 갈아 드린답니다.

보세요,

붉은 피가 ★★ 퍼지는 걸 보면

에네르기가 ↑↑ 솟구치는 게 느껴지지 않으세요?

신선한 주스,

따끈할 때 단숨에 드시는 게 좋답니다.

소금을 조금 쳐 드시던지요.

햄스터를 전자레인지에 돌리면 바삭바삭한 미감은 있
지만
역시 믹서에 갈아 내는 게 짱이죠.
여기 아니면 이런 맛 어디에서도 보기 힘들걸요.
어떠세요,
햄스터 주스, 드릴까요?

장관님이 웃다가 운다

모두 안녕들 허요. 지는 투발루에서 온 콜로아라구 허는디요. 여그 날씨 무자게 좋구먼이라우. 난생 첨 시방 촌놈이 출세했네요. 내 일찍이 듣기로 코펜하겐 날씨 드럽다고 허든디, 워메 오늘은 끝내 주는고마이. 내 이래 봬도, 이 동네에서야 이장거리도 안 되것지만, 우리나라 인구가 만이천이니께, 좌우당간 장관은 장관이요. 외교 장관이니께, 여러 분덜과 동격이요.

내사 꼭 한마디 헐 말이 있어 여기까정 비싼 비행기 표 끊어 갖구 왔다, 이 말씀이요. 결론부터 말하자믄, 잘사는 부자님 나라덜, 배 따시게 잘 먹고 잘살믄서, 우리덜 같은 쬐끄만 나라 생각 좀 해 주시라, 이거요. 우리 나라는 시방 난리 났당게요. 온 나라가 다 뒤집히게 생겼시요이. 와따, 말귀를 못 알아 먹으시네. 바다에 퐁당 가라앉게 생겼다, 요 말이요.

미쿡, 영쿡은 말헐 것도 없고, 호주, 뉴질랜드, 니들도 마찬가지여. 중국, 인도, 사우디, 느그들도 나뻐. 당신네들 공장 꽉꽉 돌리고, 자동차 빽빽 굴리고, 석유 펑펑 뽑아 올리고, 소 새끼들 뿡뿡 방구 뀌는 바람에, 왓따메, 이산화탄소

수치가 막 올라가는 거 아녀. 온 지구가 막 더워지는 거 아녀. 북극 남극 얼음들이 정신 못 차리고 녹아내리는 거 아녀. 바닷물이 높아져서 우리 나라 해안에 '큰 파도님'이 시도 때도 읎이 몰려오는 거 아녀.

와, 이 잡것들이, 사람 말을 안 믿네. 좀 거시기허게 말하믄, 당신들 땜시 왜 우리가 죽어야 하냐고. 미쿡이 2001년 기후 협약 탈퇴하던 해, 우린 국토 포기를 선언했지라. 생각해 보시요잉. 우리 나라는 젤 높은 데가 겨우 5미터요. 바닷물은 해마다 높아져 50년 후엔 다 잠길 거요. 워쩌란 말이여. 작년에 벌써 작은 섬이 두 개나 사라졌어라우. 살려 주쇼잉. 내 이렇게 무릎 꿇고 빌까요잉.

여그 오던 날 아침에, 푸나푸티에 있는 우리 마을 코코넛 나무가 다 쓰러졌소. 바다 쪽으로 큰절하듯 쓰러졌는디, 용왕님께 소신공양하듯 쓰러졌는디, 당신들도 봐야 허는 건디, 누가 우리 이 찢어지는 맴을 알아주기나 허건디요. 지발, 우리 불쌍한 투발루 사람덜 좀 살려 주시요잉. 근디, 저 뒤에 앉은 새끼들은 내 말 안 듣고 뭐라 씨부렁거리는겨 시방, 이 좆같은 개새끼들이.

현장 검증

동네 사람들

그런 늠이 인간이여, 쥑여 뿌러야지.

갸가 그래두 인터넷 팬 카페까지 갖구 있다는디요.

모자하구 마스크는 왜 쓰고 나오는겨, 낯짝 좀 보면 쓰 것네.

심리학자

겉은 멀쩡하면서도 끔찍한 범죄를 저지르는 반사회적 성격 장애자를 '사이코패스'라고 부릅니다. 정신병질이 내부에 잠재돼 있다가 범행을 통해서만 밖으로 드러나기 때문에 주변에서는 전혀 알아차리지 못하는 게 특징이죠. 니시무라 박사가 "정장 차림의 뱀"이라고 비유했듯, 말하자면 '화이트칼라 범죄'라 할 수 있죠. 일상 속에서 만날 수 있는 평범한 사람, 당신도 거기 해당될 수 있지 않을까요?

대법원

지난 6월 대법원은 '희대의 살인마'에게 확정 판결을 내렸다.

스물한 건은 사실로 인증하고, 두 건에 대해서는 검찰의 상고를 기각했다.

이로써 우리나라 사형 대기자가 59명에서 60명으로 늘었다.

살인자

TV에 내 얼굴 잘 나왔나?

난 살고 싶지 않다.

나처럼 반성하지 않는 극악무도한 자들을 국고를 축내가며 늙어 죽게 하는 건 낭비.

나 같은 놈이 살아 있다면 세상은 정말 불공평하지 않은가.

메모지

반젤리스 — 천국과 지옥

레드제플린 — 스테어웨이 투 헤븐

소지로 — 대황하

스콜피언스 — 홀리데이

비지스 — 홀리데이

알란파슨스프로젝트 — 아이 인 더 스카이

비공식 기록

그는 1991년 안마사와 결혼하였으나 2002년 5월 무렵 부인이 소송을 제기해 일방적으로 이혼당한 뒤부터 심한 여성 혐오증을 보인 것으로 알려졌다. 1993년부터 1995년까지는 간질 증세로 병원에서 진료를 받았고, 2003년 11월에는 전과자에 이혼남이라는 사실이 알려져 교제 중이던 여성으로부터 절교를 당하기도 했다.

변호인 측 증인

중학교 2학년 때 친구들 네 명이 그룹을 만들어, 열심히 공부해서 나중에 대학 가면 대학 가요제에 나가자고 약속하고 옛날 대학 가요제 노래들을 불렀습니다. 그 친구는 노래를 잘해서 교회 성가대에서도 활동했고 3000명 앞에서 노래를 부른 일도 있습니다.

생활 기록부

1학년: '의리가 있고 활발함'/ 2학년: '책임감 있고 규칙을 잘 지킴'/ 3학년: '근면 성실함'

▷ 행동발달: 가~나, 보통 수준

▷ 성적: 반에서 70명 중 30등 중상위권

▷ 지능지수: 본인 주장(140)과 거리가 먼 95~100

당일 날씨

초복입니다. 전국이 가끔 구름 많겠고, 강원 영서와 남부 내륙 지방을 중심으로 오후 한때 소나기가 오는 곳이 있겠습니다. 아침 기온은 22~26도, 낮 기온 27~35도로 예상됩니다. 복날에는 목욕을 하지 않는다는 풍습이 있습니다. 오늘은 견공들, 똥줄이 타겠습니다. 많이들 드세요.

유령들

저 불빛들, 소리 없이 밤새우고 햇살이 되는 소리들, 무
한 반복으로 자본주의를 두드리는 소리들, 춤들, 광기와 죽
음의 노래들, 잊을 수 없는, 그러나 작은 조각으로 쪼개져
사라져 가는 기록들,

제발 살려 주세요.
달라는 대로 다 줄게요.
우리 집 부자예요.
울 아빠한테, 씹팔, 전화해 보세요.
왜 때렷, ……요.

사건 개요: 공기총을 맞고 죽은 시체를 유기한 것으로
진술했으나, 시체 부검 결과 질식사한 것으로 밝혀졌다, 지
난 10월 24일 새벽 4시쯤 중부 고속도로에서 200미터 들어
간 산 중턱에서 현장 검증이 이루어졌는데,

혼불 같은 이상한 현상이 내리 일주일 동안 주민들을
불안하게 하여
경찰이 신고를 받고 조사해 본 결과

세기말에 출현한 불온한 영혼들이 새 천 년 시작되고 벌써 여러 해

아직 길을 잃고 돌아가지 못해

은밀하게 옷깃에, 음식에 스미어 잘 마른 영혼까지 적시고 있다는 소식을

오늘 조간신문 특집 기사로 읽는다.

유령들에게 모든 틈은 숨어 있기 좋은 방

지난 세기의 '이즘'들이 찌꺼기로 쌓이고 부풀어 익어 간다는

물질적인 증거이다.

틈은 부푼 빵처럼 유령의 집이 되어

굶주리다 허기-환각에 반지하 방에 불을 질러 버린 도시인의

지워진 발자국이거나

살려 주세요.

내일모레면 결혼하려고 날짜 잡아 놨어요.

이 개새꺄,

넌 나 같은 딸도 없니, 동생도 없니, 처자식도 없니, 새
끼야.

확 싸질러 버려.

우리나라엔 빨갱이가 너무 많다

전하, 아뢰옵기 황송하오나

근자에 '백성연대'라는 싸가지 없는 이적 단체가

적과 내통하여 나라의 기강을 어지럽힌 낌새가 포착된
고로

이조 참판이 감찰부에 직접 하명하여

관련자들을 모조리 주리를 틀어 책문하였는데

이 지독한 것들이 구린내만 피울 뿐 이실직고를 하지 않
는 고로

어리석은 백성들이 미혹되지 않게 방책을 세워야 할 줄
사료되오며

이 역적들이 다시는 준동하지 못하게 내쳐야 할 줄 아뢰
오며

하여 정황 증거를 근거로 빨갱이로 몰아 병법으로 처리
하고자 하오니

하해와 같은 성은으로 윤허하여 주시옵소서.

전하, 아뢰옵기 황송하오나

이적 행위를 일거에 처단하려는 단호한 의지를 시위하고자

빨갱이에게 빨간 옷을 입혀 저잣거리에 끌고 다녔사온데

이게 어찌된 일인지 백성들이 이를 최신 유행이라 여기고
축구 응원을 핑계로 모두 빨간 옷을 입고 길거리를 나다
니고 있사온즉

'빨간 도깨비'라는 배후 세력이 조종하고 있는 것으로 추
정되는바

이는 종묘사직에 큰 위해가 될까 적잖이 심려되오며

하여 '세계축구잔치본부'에 정식으로 사절단을 파견하여
항의하고

그래도 안 되면 우리나라에서만이라도 축구를 영원히
금지하고자 하오니

하해와 같은 성은으로 윤허하여 주시옵소서.

전하, 아뢰옵기 황송하오나

더 깊이 내밀히 뒷구멍을 캐 본 결과 빨갱이의 내력이
생각보다 뿌리 깊어

일찍이 8년 전 남대문 앞 큰 마당을 가득 메웠던 응원대
들이

"빨갱이가 되라"고 은밀히 외쳤다는 사실이 밝혀졌고

4년 전에는 한 걸음 나아가 "빨갱이들 함께 가라"고 부추

기더니

　작금에 이르러서는 "우리는 모두 빨갱이"라고 공공연히 떠들고 있다 하니

　이제 온 나라에 빨갱이가 넘쳐 나는 통탄스러운 지경에 이른즉

　하여 앞으로 빨간 내복, 빨간 고추장, 빨간 피 흘리는 것 모두 금지하고

　전하와 대신들이 모두 즐기는 하늘색으로 바꾸려 하오니

　하해와 같은 성은으로 윤허하여 주시옵소서.

　……경이 지금 뭐라카는지, 내 귀엔 통, 이명밖에 안 들리는디.

가족 극장

등장인물: 남자(50대 초반), 아들(고등학생), 텔레비전

#1 [거실. 새벽. 남자 혼자 아침밥을 먹는다. 서둘러 출근한다.]

#2 [아들, 아침밥 대신 우유 한잔 마시고 서둘러 학교에 간다.]

#3 [다시 거실. 저녁. 남자 혼자 저녁밥을 먹는다.]

#4 [남자 혼자 텔레비전을 본다.]

반세기 만에 만난 이산가족들은 오늘 두 번째 개별 상봉을 가졌습니다. 금년 80세가 된 이세기 할머니는 북쪽의 아들과 며느리로부터 때늦은 회갑상을 받고 목메어 울었습니다. 또 지난 1968년에 납북되어 신혼에 생이별해야 했던 김철수 씨 부부는 그 깊은 세월 동안 나누지 못했던 부부의 정을 말로 표현할 수가 없어 그저 두 손만 꼭 잡았습니다. 하지만 내일이면 다시 이들은 헤어져야 합니다. 자유로운 왕래가 가능해져 가족의 한 맺힌 설움이 풀릴 날이 빨리

오길 기대합니다. 여기는 금강산, 대한방송 김이영 기자였습니다.

#5 [남자, 고향 어머니에게 전화를 건다.]
별일 없으세요? 병원엔 다녀오셨어요? 애들 잘 놀고, 애 엄마도 잘 있어요.

#6 [아들, 늦게 돌아온다.]
피곤하잖니?
예.
어서 씻고 자라.
예.

#7 [침실. 남자 혼자 잔다. 잠결에 흐느껴 운다. 무대 적막.]

다시, 유령들

엄마, 여긴 지옥 같아요
짧은 생에도 지은 업이 많아
이렇게 찬 흙에 누워 검은 하늘을 보고 있어요
처음 한국에 왔을 때는 꿈처럼
늘 내 뒤를 쫓던 이역만리 고향 사내가 생각나기도 했고
황옥빛으로 빛나던 동구 밖 들판이 선연하기도 했지만
그래, 참자, 말 없는 등에 심지를 돋우면서
한 가정을 일구고 아이를 낳고
남편이 잘 번다니 친정 살림살이 좀 펴 드리자
물 선 땅이지만 새 삶을 튼실하게 쌓아 보리라, 꿈에서
아, 그런데, 남편은 아귀였어요, 엄마
매일 병원 약을 먹는데 그때마다
미친개처럼 밤새 나를 못살게 굴었어요
한밤중에 깨워 붉으락푸르락 못 알아들을 말로 악다구
니를 하더니
그 더러운 손가락으로 내 살을 마구 쑤셔 대고
조금 싫은 내색이라도 하면 망치와 과도를 휘둘렀어요
베트남 가난한 집안에서 태어난 게 죄라면
나이 열일곱 연상의 정신병자를 남편으로 맞은 게 운명

이라면
　　옛 마당가의 연꽃을 그리워한 것이 어리석은 집착이라면
　　한국에 온 지 꼭 일주일 만에
　　이렇게 죽어 지옥에 든 것을 어쩌겠어요
　　엄마, 슬퍼하지 말아요
　　남은 말이 있어요, 우리 나라 내 또래 여자애들에게
　　전하세요, 브로커를 통해 결혼하지 말라고
　　나처럼 싸구려 여자가 되지 말라고
　　꽃 진 뒤, 그 눈물을 밟지 말라고

모범 교실

여기는 21세기
대한민국 고등학교 2학년 교실
늦은 밤 야자 현장입니다
조용합니다, 아, 네, 정말 조용합니다
홀연히 무덤의 정적을 깨우는 침묵의 외침들
검은 책에 얼굴을 묻은 아이들이
신호를 보내고 있습니다
미래를 향해

아싸 싱싱한 고2 ㅎㅎ; 오늘저녁급식 피자또띠아 나왔어ㅋ
ㅋ 수박이랑 2개 먹었다ㅋㅋㅋ; 경대야 쫌야자째구 피방간다구
뎌이없구멍; 자냐? 우리동네 마실나갈까요 수줍수줍; 망할방
학에반이나 훠이훠이~ 잠이나더자면 얼마나좋아 =_=; 아ㅋ
ㅋ 머리 병신됬다 ㅇㅅ; 내일꼭 필통가따줘ㅎ; 인어공주가 화장
실에서 볼일보고있는데 누가 문을열었어요! 모라고했을까요?
답-안닫아씨; 아파아파아파아파아파아파ㅠㅠ 엄마가지말래
써ㅠ 수업열띵히해♡♡; 그랫!!! 그때 김진욱이 약올려서 진짜
짜증나따 ∧.∧; 내폰에있는니캐릭터가 얼마전까진미친듯이쳐
웃더니 지금은자해하고코피터지고 난리낫삼ㅋㅋㅋㅋ; 대충별

표진거나보낼게 헐야 강인살찐거봐 쩌러; 존나놀램ㅋㅋ 코엑스
에 이쁘장한누나들 만아요 ㅋㅋ 눈정화하고가세요; 헐ㅎㅎㅎ
우린 다섯시에 끝나고 놀토없음 개기지마삼; 나 폐인되쩌ㅎㅎ;
문자안하는 불쌍한 영혼들~~; (づ∧.∧)づ~♡

■ 도움 받은 자료 ■

1 도서

국제아동돕기연합,『힐 더 월드』(문학동네, 2008)

김성진,『야만의 시대: 영화로 읽는 세계 속 분쟁』(황소자리, 2004)

노엄 촘스키, 오애리 옮김,『정복은 계속된다』(이후, 2007)

데릭 젠슨, 이현정 옮김,『거짓된 진실: 계급·인종·젠더를 관통하는 증오의
　　문화』(아고라, 2008)

로제 다둔, 최윤주 옮김,『폭력: 폭력적 인간에 대하여』(동문선, 2006)

롤랜드 올리버, 배기동·유종현 옮김,『아프리카: 500만 년의 역사와 문화』(여
　　강출판사, 2001)

박노해,『여기에는 아무도 없는 것만 같아요: 고뇌의 레바논과 희망의 헤즈
　　볼라』(느린걸음, 2007)

벤자민 발렌티노, 장원석 외 옮김,『20세기의 대량 학살과 제노사이드』(제주
　　대학교출판부, 2006)

볼프강 조프스키, 이한우 옮김,『폭력 사회: 폭력은 인간과 사회를 어떻게 움
　　직이는가?』(푸른숲, 2010)

사만다 파워, 김보영 옮김,『미국과 대량 학살의 시대』(에코리브르, 2004)

성남훈,『유민의 땅: The Unrooted』(눈빛, 2005)

수전 손택, 이재원 옮김,『타인의 고통』(이후, 2004)

스벤 린드크비스트, 김남섭 옮김,『야만의 역사』(한겨레신문사, 2003)

아이리스 장, 윤지환 옮김,『역사는 힘 있는 자가 쓰는가: 난징의 강간, 그 진
　　실의 기록』(미다스북스, 2006)

야스미나 카드라, 이승재 옮김,『테러』(문학세계사, 2007)

에두아르도 갈레아노, 박병규 옮김,『불의 기억』1-3 (따님, 2005)

에이미 추아, 윤미연 옮김,『불타는 세계: 세계화는 어떻게 전세계의 민족 갈

등을 심화시키고 있는가?』(부광, 2004)

이병천·조현연 엮음,『20세기 한국의 야만』1-2 (일빛, 2001)

이스마엘 베아, 송은주 옮김,『집으로 가는 길』(북스코프, 2007)

이시도르 왈리만 엮음, 장원석 외 옮김,『현대 사회와 제노사이드』(각, 2005)

이유경,『아시아의 낯선 희망들: 끊이지 않는 분쟁, 그 현장을 가다』(인물과 사상사, 2007)

이희수 외,『이슬람: 9·11 테러와 이슬람 세계 이해하기』(청아출판사, 2001)

자카리아 무함마드 엮음, 오수연 옮김,『팔레스타인의 눈물』(도서출판 아시아, 2006)

장 메이메, 지현 옮김,『흑인 노예와 노예 상인: 인류 최초의 인종 차별』(시공사, 1998)

장 지글러, 유영미 옮김,『왜 세계의 절반은 굶주리는가?』(갈라파고스, 2007)

제러드 다이아몬드, 강주헌 옮김,『문명의 붕괴』(김영사, 2005)

제러미 시브룩, 황성원 옮김,『세계의 빈곤, 누구의 책임인가?』(이후, 2007)

조너선 바커, 이광수 옮김,『테러리즘, 폭력인가 저항인가?』(이후, 2007)

조 사코, 함규진 옮김,『팔레스타인』(글숲그림나무, 2002)

주노 디아스, 권상미 옮김,『오스카 와오의 짧고 놀라운 삶』(문학동네, 2008)

찰스 만, 전지나 옮김,『인디언: 이야기로 읽는 인디언 역사』(오래된미래, 2005)

최호근,『서양 현대사의 블랙박스 나치 대학살』(푸른역사, 2006)

최호근,『제노사이드: 학살과 은폐의 역사』(책세상, 2005)

클라이브 폰팅, 김현구 옮김,『진보와 야만: 20세기의 역사』(돌베개, 2007)

프란츠 M.부케티츠, 두행숙 옮김,『멸종: 사라진 것들, 종과 민족 그리고 언어』(들녘, 2005)

프리모 레비, 이현경 옮김,『이것이 인간인가』(돌베개, 2007)

프리실라 B.헤이너, 주혜경 옮김,『국가 폭력과 세계의 진실 위원회』(역사비평사, 2008)

하워드 진, 문강형준 옮김,『권력을 이긴 사람들』(난장, 2008)

한국이슬람학회 엮음,『끝나지 않은 전쟁: 이슬람 세계의 소수 민족 분쟁』(청아출판사, 2002)

후안 고이티솔로, 고인경 옮김, 『전쟁의 풍경』(실천문학사, 2004)

Andreopoulos, George J. (ed.), *Genocide: Conceptual and Historical Dimensions*(University of Pennsylvania Press, 1997)

Baumeister, Roy F., *Evil: Inside Human Violence and Cruelty*(Henry Holt and Co., 1999)

Chalk, Frank and Kurt Jonassohn, *The History and Sociology of Genocide*(Yale University Press, 1990)

Gellately, Robert and Ben Kiernan (ed.), *The Specter of Genocide*(Cambridge University Press, 2003)

Totten, Samuel (ed.), *Teaching about Genocide*(Information Age Publishing, 2004)

2 영화

루 추안 감독, 「난징! 난징!」(2009)

마이클 앱티드 감독, 「어메이징 그레이스」(2006)

바흐만 고바디 감독, 「취한 말들을 위한 시간」(2000)

세다르 아카·사둘라 센터크 감독, 「이라크 묵시록」(2006)

스티븐 스필버그 감독, 「아미스타드」(1997)

안토니오 헤르난데즈 감독, 「보르히아」(2006)

에드워드 즈윅 감독, 「블러드 다이아몬드」(2006)

테리 조지 감독, 「호텔 르완다」(2004)

3 인터넷 사이트

국제 사면 위원회   www.amnesty.org

국제 위기 그룹   www.crisisgroup.org

아시아 평화 인권 연대   www.sopra21.org

제노사이드 감시   www.genocidewatch.org

제노사이드 연구   www.genocide.org

제주 4·3 연구소   www.jeju43.org

퍼레스펙티브   www.perrspectives.com

정한용

1958년 충북 충주에서 태어났다.
1980년 《중앙일보》 신춘문예 평론 부문에서 당선되어 등단했고
1985년 《시운동》에 작품을 발표하면서 작품 활동을 시작했다.
2003년 아이오와 대학교 국제 창작 프로그램에 참가했으며 현재 문학동인회 '빈터'의 대표를 맡고 있다.
시집 『얼굴 없는 사람과의 약속』, 『슬픈 산타페』, 『나나 이야기』, 『흰 꽃』과
평론집 『지옥에 대한 두 개의 보고서』, 『울림과 들림』 등이 있다.

유령들

1판 1쇄 찍음 · 2011년 7월 29일
1판 1쇄 펴냄 · 2011년 8월 5일

지은이 · 정한용
발행인 · 박근섭, 박상준
편집인 · 장은수
펴낸곳 · (주)민음사

출판 등록 1966. 5. 19. 제16-490호
서울시 강남구 신사동 506번지 강남출판문화센터 5층 (우)135-887
대표전화 515-2000 / 팩시밀리 515-2007
www.minumsa.com

ⓒ 정한용, 2011. Printed in Seoul, Korea
ISBN 978-89-374-0793-2 03810

❖ 이 책은 2010년도 서울문화재단 및 한국문화예술위원회의 문학창작활성화기금을 지원받았습니다.